EMILE CHATELLIER

LES CADETTES

POÉSIES

PARIS

LIBRAIRIE DES BIBLIOPHILES

Rue Saint-Honoré, 338

M DCCC LXXXI

LES CADETTES

EMILE CHATELLIER

LES CADETTES

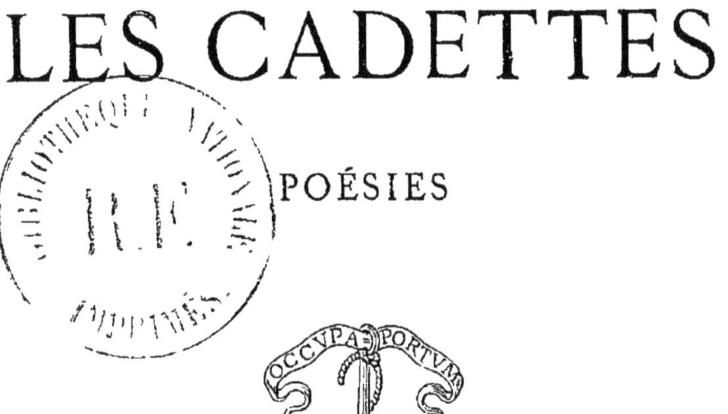

POÉSIES

PARIS

LIBRAIRIE DES BIBLIOPHILES

Rue Saint-Honoré, 338

M DCCC LXXXI

A MA CHÈRE FEMME

CE PETIT LIVRE EST DÉDIÉ.

LES CADETTES

LE SOIR

L'horizon pâlit
En creusant un pli
    Farouche
Au front de Phœbus,
Comme un Syllabus
    Qui louche.

Les cris du passant,
Les feux du croissant,
    S'éteignent;
Les longs pans de mur
Dans ce clair-obscur
    Se baignent.

L'écho morne et froid
Comme un ancien roi
D'Espagne,
Se tait, écoutant
La rumeur montant
Du bagne.

Sur son vieux grabas,
Gémissant tout bas,
Misère
Tantôt se posa.
La nonne fait sa
Prière.

Près du lupanar,
Exerçant son art
Oblique,
Un fantôme droit
Guette quelque roi
De pique.

Du chemin désert,
Où le pied se perd,
La borne,
Cerbère opportun,
S'est couverte d'un
Tricorne.

Toile à la Rembrandt!
Ton front vainement
Se creuse
Sous le penser lourd,
Tandis que Juan court
La gueuse!

Signal attendu,
Vibrant au sein du
Silence,
Le pesant bourdon
Douze fois son front
Balance!

Heure où de Macbeth,
Bataillon complet,
Légères
Sur leurs vieux balais,
Dansaient toutes les
Sorcières;

Heure où Montfaucon,
Agitant sous son
Col maigre
Son funèbre fruit,
Grinçait dans la nuit,
Allègre,

Quand l'âpre corbeau,
Ami du bourreau,
De joie
Jetait son cri sec,
Travaillant du bec
Sa proie ;

Heure où, pantelant,
Le spectre de l'Han
D'Islande
Boit le sang des morts
Peuplant de leurs corps
Sa lande ;

Où l'Alighieri,
Sans pâlir, ouvrit
La dalle
De l'enfer profond,
Descendant à fond
De cale ;

Où sous le ciel noir
La lune, le soir,
S'attelle
Au « clocher jauni »,
Ponctuant « son i »
Fidèle ;

Heure où Méphisto
Va faire presto
    La nique
Au grand docteur Faust,
L'entraînant là-haut,
    Sceptique;

Heure où sur la tour,
Comme en un pourtour
    De scène,
De Vigny montant,
Montre serpentant
    La Seine;

Et (ses chants hardis
Dépeignent Paris
    Qui gronde),
Sur l'axe géant,
Le cœur palpitant
    Du monde;

Heure où d'Albertus
Sous des doigts pointus
    La frêle
Vision s'éteint
Plus vite qu'un grain
    De grêle.

. . . .

Quand le vent du nord,
Messager de mort,
Livide,
Aux vitres gémit,
Ton foyer frémit,
Avide;

Car l'Éole froid,
Plein d'un morne effroi,
S'affale,
Cognant chaque pan,
Par le trou béant
Qui râle:

Esprit ténébreux,
Visiteur de ceux
Qui veillent! —
Tandis qu'il s'enfuit,
Les oiseaux de nuit
S'éveillent.

Ta flamme, pleurant
Son mystique chant
De vierge,

Pâlit et se tait
Comme si c'était
D'un cierge.

D'un suaire noir
En son chaud manoir
La bûche
Vêtue, a tremblé
Comme un col fêlé
De cruche.

Est-ce toi, Gilbert,
Que la Muse perd
A peine
Éclos, et qui fis
Pleurer sur son fils
Ta reine?

Serait-ce Moreau
Sur ce froid carreau
Qui prie,
Et qui rêve, là,
Au ruisseau de la
Voulzie?

Musset, est-ce toi,
Pâli sur la loi

Cruelle,
Qui jettes tout haut
Ta plainte à l'écho,
Si belle?

Est-ce toi, Schiller,
Penseur grave, amer,
Qui traces
Moor, Carlos et Tell,
Vengeur immortel
Des races?

Ou toi, bel André,
Chantant, effaré,
Camille —
Dont l'ardent crayon
Comme un pur rayon
Scintille?

Oh! qui que tu sois,
Ami, sous tes doigts
Qui crées,
Plein d'émotions,
Quelques visions
Sacrées,

Relève le front :
Vois-tu du plafond,
    Œil borgne,
Cet intrus sortant,
Vers toi s'inclinant,
    Qui lorgne

Ce qu'un âpre esprit
Te souffle, et qui rit,
    Sceptique,
Témoin importun,
Plus sévère qu'un
    Critique ?

Tu pâlis vraiment,
Solitaire amant
    De l'ombre.
Tu le connais bien,
Ce spectre qui vient,
    L'air sombre !

Peintre, qui jeta
Ton pinceau sur ta
    Palette !
— C'est l'obscure Nuit !
Mais ton œuvre luit
    Complète.

Pourquoi ce front noir?
Quel souci ce soir
T'oppresse?
Qui donc t'arrêta
Loin du cœur de ta
Maîtresse?...

. . . .

Donc, vous tous qu'en vain
Un souffle divin
Travaille,
Votre œil se souvient
De celui qui vient
Et raille :

C'est l'hôte fatal
Qui descend, chacal
Nocturne,
Et fera tantôt
Tomber son veto
Dans l'urne;

Au foyer le soir
Qui daigne s'asseoir,
Et pèse

Le penser naissant,
De nous se gaussant
A l'aise;

Aux ardents écrits
Demandant à cris
L'espace,
Secouant le front,
Qui murmure un « Non »
De glace;

C'est l'Esprit jaloux,
O frères! qui nous
Écoute,
Morne revenant,
Sans cesse planant :
Le Doute!

Février 1869.

CHANSON

L'oiseau dans l'aubépine
Sautillait,
Sa gamme cristalline
Babillait.

Maintes fleurs curieuses
Sous nos pas
Chuchotaient, amoureuses,
Et tout bas.

Elles semblaient sourire,
Épiant
Ce que nous allions dire
En fuyant.

Vénus était propice !
Tu m'ouvris,
Ma rose ! ton calice,
Et tu dis...

De ta voix pure et tendre
Répète encor, redis toujours,
O mes amours !
Les deux mots que Dieu seul et moi pûmes entendre !

Mai 1868.

VILLÉGIATURE

I

L'ombre vague, éphémère,
Dans un délicieux
Mystère
Enveloppe les cieux.

L'aube crépusculaire
Du front vert des roseaux,
Légère
Se plonge dans les eaux.

Et la fraîche rosée
Couronne le hallier,
Posée
Comme un brillant cimier

Déjà paraît l'Aurore
Au char étincelant,
Qui dore
Des monts le large flanc.

De la haute coupole
Brusquement le soleil
Au pôle
Lance un éclair vermeil

Le nid s'agite et chante
Un hymne printanier.
L'acanthe
Lève son front altier.

Le beau chevreuil qui brame
En ses retraits ombreux
S'enflamme,
En ouvrant ses grands yeux.

Les joyeuses dryades
Font vibrer l'air de leurs
Tirades,
En se parant de fleurs.

Le pâtre se réveille,
Tandis que le troupeau

Qu'il veille
S'ébat sur le coteau.

Bondissant par les mornes,
Les boucs, pour essayer
Leurs cornes,
Heurtent le peuplier;

Les nymphes qui s'égarent
Sur le sable argentin,
Comparent
La blancheur de leur teint.

Sur leurs épaules rondes
Leurs chevelures d'or
Des ondes
Sont humides encor.

Et les blanches déesses
D'un doigt voluptueux
En tresses
Roulent ces fils soyeux.

Leurs flancs nus qui palpitent
Des baisers du printemps,

Invitent
Aux rêves délirants.

Les Actéons par troupes
Couvent, grinçant des dents,
Ces groupes
Avec des yeux ardents.

II

Le souple moissonneur
Pour se donner du cœur
Chantonne
Quelque refrain guerrier,
Sans crainte d'éveiller
Personne.

Las ! les heureux du jour,
Le front encore lourd
D'orgies,
Sont gisants sous leurs dais,
Brûlant les mèches des
Bougies.

La serpette à la main,
Sur le poudreux chemin
Linette

Tout à l'heure passa,
L'œil éveillé sous sa
Cornette.

La marquise qui dort
Fait sur son brocart d'or
Un songe.
Son lévrier fâché
Dans le tapis broché
Se plonge.

C'est l'heure où du Matin
La robe de satin
S'évase,
S'évase à tout instant,
Comme un manteau flottant
De gaze.

III

Sur le fleuve qui jette
Sa voix mâle à l'écho.
Poète,
Dans ton étroit bachot,

En laissant ta pensée
S'égarer par les cieux

Osée,
Tu suis les flots des yeux;

Et sur l'arche profonde,
Avec un sombre bruit
De l'onde
Le front se brise et fuit.

Ici, jadis Racine
Venait avec sa voix
Divine
Charmer l'écho des bois;

Là, Despréaux, terrible,
Au faquin de Pradon,
Sa cible,
Rimait une leçon,

Et, saisi d'un beau zèle,
A son doux jardinier
Qui bêle
Semblait fol à lier :

Antoine, sous le hêtre
Lorsque se démenait
Son maître,
Éperdu, se signait.

IV

Poète, avec l'abeille
Visite et bois la fleur
Vermeille
Qui va t'ouvrir son cœur;

Que sur son sein tu glisses,
Demandant aux brillants
Calices
Le miel d'or pour tes chants;

Que ta muse pédestre,
Pliant sous sa moisson
Alpestre,
Retourne à la maison;

Que, quand l'astre s'enflamme
Et se berce au zénith,
Ton âme
Ait déjà fait son nid!

Juin 1869.

CHANSON

Petite rue, étroite et roide,
Qui cours là-haut,
Où, malgré la bise si froide,
Si fort j'eus chaud,
Un soir, à l'heure où Paris dort,
Nous fîmes, n'est-ce pas? un rêve d'or :
T'en souviens-tu,
T'en souviens-tu ?

Nous cheminions sous tes fenêtres,
Linette et moi;
Nous connaissons si bien les êtres
De cet endroit!
Nous n'avions peur, en ce moment,
Ni des voleurs, ni du grave sergent :
T'en souviens-tu,
T'en souviens-tu?

Nous cheminions. — Dans ce grand voile
Que tend la nuit,
Nous admirions la blonde étoile
Au ciel qui luit.
Et nous marchions tous deux si bas
Que tu ne nous entendis même pas !
T'en souviens-tu,
T'en souviens-tu ?

Suspendue à mon bras, légère
Comme l'oiseau,
Elle semblait frôler la terre
Comme un roseau.
Petite rue, en ce moment,
Tu grandissais pour nous étonnamment.
T'en souviens-tu,
T'en souviens-tu ?

Ta robe, où la bise indiscrète
Voulait poser
Sa lèvre humide, — ô ma Linette !
Roulée en mille plis touffus,
Ne présentait qu'un provocant refus !
T'en souviens-tu,
T'en souviens-tu ?

Car ces trésors, que cache un voile
Plein de pudeur,
Ne sont qu'à moi ; sous cette toile
Est mon bonheur.
Tais-toi, bise, je hais ton bruit
Et suis jaloux des yeux noirs de la Nuit !
T'en souviens-tu,
T'en souviens-tu ?

Blotti sous la pierre sonore,
Quelque lutin
Peut-être se rappelle encore
Son pied mutin ?
Mais il serait bien fin, je crois,
S'il avait deviné... ce que je vois.
T'en souviens-tu,
T'en souviens-tu?

Nous cheminions. — Sur la chaussée
Brillait là-bas,
Comme des perles, l'eau glacée.
Mais dans mes bras
En la traversant je cueillis
Plus de mille baisers : c'était mon prix !
T'en souviens-tu,
T'en souviens-tu ?

Février 1869.

A THUS

Tendre compagnon
Des ébats de mon
    Enfance,
Ton œil de matou
Lorgne mon genou
    Qui danse?

J'ai juré, morbleu!
De les rendre un peu
    Célèbres,
Ton vieux nom latin
Et ton poil du teint
    Des zèbres.

De tes larges yeux
Jamais sous les cieux
    Personne
N'a vu les pareils :
Les brillants soleils
    Que donne

Le tropique en feux,
Soudain devant eux
S'effacent,
Lorsque par les airs
Comme des éclairs
Ils passent.

Ta moustache en croc
Sous ton nez d'escroc
S'abrège
Comme deux aspics,
Ou comme deux pics
De neige.

Quand sous l'édredon
Tu chantes « ron-ron »,
Ta face
De moine ribaud
Est pleine, maraud,
De grâce.

Et tes membres lourds,
Sur le bleu velours
Énormes,
Quand tu dors le soir,
Laissent entrevoir
Des formes.

Ainsi qu'un pacha
Tu règnes, ô chat
Despote !
Mais, vizir sensé,
Je crois bien que c'est
Ma faute,

Car je t'obéis
Moins peut-être aux cris
Qu'au geste :
Il en est ainsi
Pour chacun ici,
De reste.

Quand l'on t'a grondé,
Tu rends, bien fondé,
Visite
A ton maître au lit,
Obtenant l'oubli
Bien vite ;

Ou tu prends d'assaut
Par un adroit saut
Ma table,
Écoutant crier
La plume d'acier,
Capable !

Que sur le vélin
Le bec d'encre plein,
Qui bave,
Voltige avec bruit,
Ton œil clos le suit,
Fort grave ;

Et, lorsque, cherchant
Le couplet d'un chant,
Je gratte
Mon front soucieux,
Tu tends, gracieux,
La patte.

L'hiver, près des feux
Assis comme un vieux,
Tu gonfles
Ton poitrail brûlant,
Et, parfois dormant,
Tu ronfles !...

Qu'un joyeux tison
Du rouge charbon
S'envole,
Ta robe roussit,
Et tu geins aussi,
Mon drôle.

L'été, la chaleur
Te tournant le cœur,
Tout pâle,
Tu cherches, plaintif,
De mon âtre oisif
La dalle.

Il n'est sous les cieux
De chat plus heureux,
Je pense,
Que toi : — si tu pris
En tout deux souris,
J'avance

Un fait inconnu,
N'ayant jamais vu
Ta chasse : —
Ta vie à rêver,
Mais sans rien trouver,
Se passe.

Oh! tu sais par cœur,
Doux contemplateur !
Exacte
L'heure du repas,
Car tu n'omets pas
Cet acte.

Si quelques amis
Causent, réunis
En groupe,
Tu t'en viens, mon vieux,
Lorgner, dédaigneux,
La troupe.

Sensible amateur
De l'essaim flatteur
Des femmes,
Tu vas sans façon
Tâter du jupon
Des dames.

Certaine beauté
Que je réputai
Altière,
Riant, sans effroi
S'abandonne à toi
Entière.

Et pour t'attirer,
Voulant t'admirer,
Les belles
De leurs tendres voix
T'appellent parfois
Vers elles.

Lors, sur leurs genoux,
Asile si doux —
O bête !
D'un ardent baiser
Tu sens caresser
Ta tête.

Sur de beaux trésors,
Arrondi, ton corps
Se pose,
Tel un noir frelon
Embrassant au front
La rose.

Ton étrange nom
A jusques au fond
Du monde
Couru — quel honneur ! —
Comme une rumeur
Sur l'onde !

Et si mes écrits
Me font, tout surpris,
Admettre
Parmi nos neveux,
Tu suivras chez eux
Ton maître.

Avril 1869

CHANSON

Petite fleur qui pares ma fenêtre,
Toi qu'un matin dans mon triste cachot
Avec amour sous mes yeux je vis naître,
Amie! adieu, je vais partir bientôt.

Ah! que de fois près de toi, ma pauvrette,
J'ai reposé mon front, mon cœur aussi!
Le ciel alors me paraissait en fête,
Et j'oubliais mon éternel souci.

Et puis, l'hiver, lorsque soufflait la bise,
Ton petit corps aux replis gracieux
Frissonnait, oh! — veux-tu que je te dise? —
Moi, je pleurais en maudissant les cieux.

Mais quand l'été venait, toute joyeuse,
Coquettement tu lui tendais les bras;
Il t'embrassait en t'appelant « frileuse ».
Tu souriais, et je ne pleurais pas!

Déjà j'entends le cliquetis des armes.
Adieu! bien loin de toi je vais mourir!
En te quittant, bois mes dernières larmes...
Mais qu'as-tu donc? Quoi! tu parais souffrir? »

Et, se penchant sur sa pâle corolle,
Il sentit comme un souffle pur et frais :
Dernier soupir d'une âme qui s'envole!
« Petite fleur, va, — je te suis de près! »

Mai 1869.

A TROIS DÉVOTES

Un discours, m'a-t-on dit quand je faisais mes classes,
Se compose, pour être au complet, de trois points.
Aristote le veut ainsi. Soit. Mille grâces !
Car il me rend ici quelque service, au moins.
Je cherchais à l'instant une formule exacte
Pour rendre ma pensée, — une comparaison, —
Chose qui fait très bien pour commencer un acte,
Ou terminer enfin quelque sainte oraison.
La vie à ce discours certainement ressemble,
Puisqu'elle se divise, ainsi que lui, par trois :
L'enfance en est l'exorde, et, dominant l'ensemble,
Préjuge l'âge mûr, comme vous, je le crois.
Ceci tend à prouver que n'étant qu'un rapsode,
Je dois à mon récit donner quelque clarté !
Je suivrai donc le plan de l'antique méthode,
Car je trouve qu'elle a du bon, en vérité !

Or, mon héros naquit par une nuit sans voile
Du « joli mois de mai », mois de lis et d'amour !
Je dois dire pourtant qu'aux cieux aucune étoile
Ne se leva pour lui le soir qu'il vit — le jour.
A ce propos j'ai fait — en l'air — une remarque :
Il naît beaucoup d'enfants en été. Mais pourquoi ?
Ah ! voilà... Pour répondre il faut que je m'embarque
Sur une mer d'écueils ! Aussi je reste coi.

Sa naissance amena les ris et l'allégresse
Au logis paternel, et, sans perdre un moment,
Son auteur radieux courut en grande presse
Aux voisins endormis crier l'événement.
Tout le quartier s'émut. — Et, vraiment, le bonhomme
A sa joie oubliant de mettre quelque frein,
Par ses meilleurs amis arrachés à leur somme,
Faillit se voir mené plus d'une fois bon train.
D'aucuns m'ont affirmé qu'il erra sans culotte.
(La fortune nous rend parfois bien polisson !)
Il est vrai qu'il portait une longue capote,
Mais rien de plus, dit-on, pas même un caleçon.
Les humains n'aiment pas qu'on les raille, et pour cause.
Les maris volontiers se taquinent entre eux.
Celui dont il s'agit prit une noble pose
En regardant certains confrères dans les yeux :
Car il est ici-bas des préjugés féroces...

Mais, s'il faut les compter, nous nc finirons point.
D'ailleurs, le plus souvent, ils filent en carrosses;
Comme je vais à pied je leur montre le poing.

Bref, notre homme marchait comme uu vainquenr s'avance.
Madame avait, dit-il, bien mérité de lui!
Et, trouvant qu'il avait beaucoup fait pour la France,
Il rêvait de châteaux en Espagne, — la nuit.
Restait bien à trancher certain point de chicane :
Ressemblait-il au père, à la mère, à quelqu'un?
Le débat quelquefois eût fait lever la canne
Au bonhomme, s'il eût rencontré son Lauzun.
Et la matière était, vraiment, fort délicate,
Car on tient fort à voir sa signature au bas
De tout ce qu'on produit, citoyen ou cantate.
Ce père, comme auteur, se trouvait dans ce cas.
Pour moi, je suis toujours profondément honnête.
Quand j'affirme, je dis : C'est ainsi, je le crois.
Il arrive pourtant, lorsqu'on n'est pas trop bête,
De garder prudemment le silence parfois.

Les sibylles du lieu tirèrent l'horoscope :
Le gros poupon serait du père le portrait;
D'autres, en regardant de près au microscope,
Entrevoyaient déjà la mère trait pour trait.
Et tous ces gens étaient de leur sens fanatiques!

Les enfants en naissant sont tous d'affreux magots;
Telle est la vérité. Les plus adroits critiques
Ne pourraient démêler les Grecs des Ostrogoths.
L'événement, d'ailleurs, prouva bien ma sentence,
Car l'on convint plus tard qu'alors on se trompait:
Le petit, au sortir des langes de l'enfance,
N'avait rien des parents — pas même le toupet!
Et ce que je dis là s'affirmait au physique
Aussi bien qu'au moral, puisqu'on avait prédit,
En le voyant téter, qu'auprès du Dieu bachique
Il aurait à coup sûr un énorme crédit.
Or le hasard voulut — était-ce par malice? —
Qu'il fût surtout très sobre, et qui plus est enfin,
Qu'il regardât ainsi que lorgnait son calice
Jésus, fils de Marie, un verre de bon vin.
Mais n'anticipons pas. — Cette réserve faite,
Je commence ou plutôt j'achève ma chanson. —
On célébra bientôt par une grande fête
Le baptême, où chacun fut gai comme pinson.
Puis après l'on campa tout le monde à la porte.
Les maris avaient tous l'esprit fort guilleret.
Plus d'une, ce soir-là, sut de la bonne sorte
Pourquoi Vénus trouvait Bacchus trop indiscret.
Mais, de même qu'il n'est aucun effet sans cause,
De pièces sans revers, de curés sans sermon,
De même on ne voit point de baptême où l'on n'ose

Affubler un mortel de quelque sot prénom.
Mon héros reçut donc — sur le seuil de l'église,
Comme ses devanciers, — le sien bien médité,
Sans être mieux choisi, car il faut que je dise
Qu'on l'avait nommé Tom, sans qu'il l'eût mérité.

Et si quelqu'un pensait que ce nom pour un homme
Est au moins déplacé, vu qu'on le jette aux chiens,
J'ai ma réponse prête et je vous en assomme,
Mesdames, l'argument n'étant point un des miens ;
Comment donc se fait-il — puisqu'à présent l'on donne
Des noms d'hommes aux chats, aux chiens comme aux chevaux-
Qu'on ne puisse sans honte adjoindre à sa personne
Des noms de chiens, de chats, de singes, d'animaux?
Et croyez-vous, vraiment, qu'elles aient tort, ces bêtes,
Lorsque vous les nommez *Princesse* ou bien *César*,
De sentir s'empourprer leurs figures honnêtes?
Toutes, je gagerais, protestent pour leur part.
Ma proposition vous paraît-elle bonne,
Mesdames? Essayez donc de la réfuter! —
— Mais j'ai prouvé que c'est à tort que l'on s'étonne
De voir à mon héros le nom qu'il va porter.
Et que me font les sots railleurs, en fin de compte?
Avec eux, au besoin, je pourrais rire aussi,
Mais je n'ai point dessein de railler, je raconte.
En tout cas, grave ou gai, ce motif, le voici :

Le pauvre enfant un jour faillit perdre la vie.
(Les reliques l'avaient envahi depuis peu.)
Sa mère, tout en pleurs, déjeuna d'une hostie,
Et de l'appeler Tom à la Vierge fit vœu.
Celle-ci dut trouver la promesse baroque
Et n'y put, j'en suis sûr, rien comprendre du tout.
Pas plus que les cagots à la vaine breloque
Qu'ils égrènent, matin et soir, jusques au bout.
Quant à moi, j'ai tenté d'éclaircir ce mystère;
J'ai fait des pieds, des mains pour cela, mais en vain;
Interrogé la mer, et le ciel, et la terre,
Sans avoir sur ce point rien découvert enfin.
Peut-être, en choisissant ce nom point ordinaire
(Parmi tous mes amis je n'en connais pas un
Qui s'en puisse parer), crut-elle, cette mère,
Que son fils planerait au-dessus du commun.
Fut-ce une autre raison ? — Derechef, je l'ignore.
Mais j'ai bien lu son nom, et, quand je vois, je croi.
Duègnes, si vous avez quelque pudeur encore,
N'approfondissez pas, — et faites comme moi.
Tout marcha bien durant les premières années
On n'avait jamais vu d'enfant comme cela!
Et les mères seraient fortement indignées,
Si j'osais répliquer que toutes en sont là.
Car il est quelque chose à mon tour qui m'accable:
Au train dont elles vont, nous devrions avoir

De grands hommes en France un solde respectable,
Et c'est précisément ce qu'il reste à savoir.
Mais passons.
Notre Tom était un phénomène,
Puisqu'il mettait ses bas à trois ans sans secours !
Et les parents, trouvant la chose surhumaine,
La racontaient au moins quatre fois tous les jours.
S'il ouvrait, pour crier, la bouche toute grande,
On gageait qu'il serait par la suite éloquent;
S'il laissait échapper quelque... hoquet, la bande
Jugeait cela fort drôle et point du tout choquant.
Chaque mot sur sa lèvre était une saillie :
Quel brio ! quel foyer ! — Un rapin s'en frappa,
Car il avait — parbleu ! — l'esprit de repartie,
Ce moutard qui disait comme un phoque : Papa.
On riait à se tordre, et d'extase le père
Jetait les bras en l'air, criant à tout coup : Bis !
Tandis que, tremblotant aux longs cils de la mère,
Une larme roulait, perle entre deux rubis.
Puis les flatteurs déjà bâclaient l'apothéose !
Chacun renchérissait, et tous faisaient chorus :
Cet enfant, pour certain, deviendrait quelque chose !
Ils paraissaient du moins en être convaincus.
Mais, hélas ! l'avenir presque aussitôt vint mettre
A néant ces projets et cet espoir trompeur.
Car le méchant gamin, quoiqu'il parût promettre,

A ses engagements sut mentir sans pudeur.
Je n'ai pas encor dit qu'il reçut l'existence
Au pays des moutons, mais de l'aï mousseux,
Ce qui peut expliquer à merveille, je pense,
Qu'il avait le cerveau tant soit peu capiteux.
Je suis autorisé, comme vous, à le croire,
Puisqu'à peine au collège il se fit mal noter
Par sa mauvaise tête. Il est plus d'une histoire
Qu'il serait inutile ici de raconter.
Bref on lui reprochait d'être d'un triste exemple,
Et d'aimer un peu trop la belle Liberté;
Car, — enfant ou vieillard — on tient peu qu'on contemple
Avec des yeux ardents cette divinité!
Aussi l'avait-on mis vertement à la porte
Des pensions, partout, à l'unanimité!
Mais il ne pleura pas — ayant une âme forte —
Les douceurs du giron de l'Université.

Par malheur cet esprit de fière indépendance
Et ce cœur impavide et digne d'un Romain,
Ne sont guère compris — même pendant l'enfance—
Tel est l'ordre du jour. Sera-ce ainsi demain?
Le père en grand courroux prit sa voix la moins douce
Pour traiter notre Tom de la bonne façon,
Menaçant de l'aller embarquer comme mousse...
(Eh! les parents au moins savent bien leur leçon.)

Oh! qu'il fut oublié, le jour de sa naissance!
On ne le trouva plus, comme autrefois, charmant.
Car ce n'était qu'un cri : « Voyez, quelle arrogance! »
Ou: « Quel mauvais sujet! quel affreux garnement! »
Les reproches grêlaient, et le père lui-même
Maudissait sa moitié d'avoir porté jadis
Ce monstre dans ses flancs. Dans sa colère extrême
Il l'accusait d'avoir désiré tant un fils.
Et tous de répéter: « Parlez-moi d'une fille!
Cela s'élève bien, sans donner de souci,
Et puis un jour cela porte dans la famille
La paix et le bonheur. Quant au garçon — merci. »
Car ceux-là qui l'avaient abruti de louange
Déclaraient à présent qu'il « ne marquait pas bien ».
Et l'infortuné Tom, qui passait pour un ange
D'esprit et de douceur, n'était plus qu'un vaurien.
Aussi vraiment la faute en était à sa mère
Qui, depuis le berceau, l'avait trop dorloté.
Mais elle recueillait la récompense amère
De son aveuglement, — et c'était mérité.
D'ailleurs les vrais amis de cette pauvre femme
Lui disaient — et c'était presque en prophétisant —
Que son fils quelque jour lui déchirerait l'âme
Et lui ferait « verser bien des larmes de sang ».

On peut juger par là combien était pénible

Le sort du jeune Tom, abandonné de tous!
Tête chaude, et pourtant cœur excellent, sensible:
Combien à mon héros ressemblent parmi nous!
Mais, hélas! on n'est point indulgent en ce monde.
Chaque mère à son fils défendit de le voir.
Car la tentation en chutes est féconde.
(Plus d'une apparemment avait dû le savoir!)
Seul, un brave homme d'oncle aimant beaucoup l'enfance
Tendrement le grondait tout en le.défendant.
Et, pour ce, s'était vu traité par l'assistance
D'affreux voltairien, le reste à l'avenant.
Mais lui, sans s'émouvoir, avec une voix douce
Et son sourire fin à ces gens répondait :
« Ne remarquez-vous point qu'en général Tom pousse? »
Il lançait ce mot-là chaque fois qu'on grondait.
Tom, si jeune qu'il fût, vit que dans l'infortune
Il est rare, mais doux, de trouver un ami.
La remarque, d'ailleurs, était très opportune;
De se le rappeler l'enfant se bien promit.
En attendant, en butte aux factions iniques,
Il s'était décerné les palmes de martyr,
Et, voulant à jamais confondre ses critiques,
Un beau soir à dîner il parla de partir.
Le père, en entendant sortir cette parole
De la bouche de Tom, s'emporta de nouveau,
Traitant son héritier présomptif de grand drôle,

Et voulait sur-le-champ lui caresser la peau.
La mère, faible femme, au milieu de ses larmes,
Se sentit défaillir sur ses tremblants genoux;
Mais, imposant silence à ses propres alarmes,
Du père elle tenta d'apaiser le courroux.
Car les mères au cœur ont d'immenses tendresses
Pour l'enfant qu'elles ont veillé la nuit, le jour.
Si coupable qu'il soit, il a droit aux caresses
De celle qui pour lui n'a qu'un trésor d'amour.
L'affaire fit grand bruit, que dis-je ? grand scandale.
Les dévotes, aux cieux levant leurs maigres mains,
Crièrent, en voyant cette mère si pâle
Et ce père si rouge aux enfants inhumains!
Car le monde, selon l'avis de certain sage,
Roule entre l'action et la réaction;
Je constate en passant la bonté de l'adage,
Et demande pardon de la digression.

Mais les hommes, ayant en partage la force,
Pensent qu'il faut d'abord sauver leur dignité.
Ce père n'était pas d'une aussi rude écorce,
S'il se fût avoué toute la vérité.
Il croyait seulement qu'il devait, par principe,
Rester ferme et ne rien rabattre de ce ton.
En dépit du motif, dont comme vous j'excipe,
Et malgré la douleur de la mère, il tint bon.

D'autre part, notre Tom, se trouvant héroïque,
Était prêt à mener la chose jusqu'au bout.
Le conflit eût tourné sûrement au tragique,
Si le brave oncle à temps n'eût détourné le coup.
Et de fait, il fallait qu'il eût un grand courage
Pour se jeter tout seul au-devant du danger.
Et ce que je dis là n'est rien moins qu'une image
Qu'à loisir et sans cause il me plaît d'arranger.
Car dans toute querelle intime il est fort rare,
Lorsqu'on est téméraire au point de s'y mêler,
Qu'on ne soit à son tour roué dans la bagarre.
Duègnes, vous devriez vous le bien rappeler.
Mais le vaillant vieillard jugeait qu'il n'est pas digne
De ne se point targuer de son opinion.
Il arrêta les deux combattants, faisant signe
Qu'il voulait proposer quelque transaction.
C'était bien dans le fond l'ardent désir du père,
Qui lui sut même gré de ce bon mouvement.
Donc, les bretteurs au croc suspendant leur rapière,
La Discorde se tut, frémissante, un moment.
La mère respira.
Mais le clan des cagotes
Réclamait à grands cris une exécution :
Tant il est démontré que ces pieuses sottes
Font, par leur charité, notre admiration !
L'une d'elles surtout qui, n'aimant guère l'oncle,

Désirait se venger de lui par un bon mot,
Avança qu'il était bien plutôt un furoncle.
Mais la méchanceté rata... comme un complot.
Le vieillard, sans répondre à cette impertinence,
Demanda d'emmener avec lui son neveu,
Assurant, en retour de cette confiance,
Qu'il en ferait un homme, il en formait le vœu.
Le père réfléchit, puis accepta l'affaire.
Sa femme versa bien quelques pleurs dans un coin :
Il lui coûtait beaucoup, à cette bonne mère,
Que son fils la quittât pour s'en aller au loin !
Cependant la prudence et l'affection même
Conseillaient d'approuver la séparation.
Mais l'absence paraît si dure quand on aime !
Et puis elle avait peur de son émotion.
Elle dit oui pourtant...
Le lendemain l'aurore
Voyait les voyageurs fouler le vert gazon.
Et la mère, penchée au balcon, put encore
Distinguer deux points noirs fuyant à l'horizon !
. . . .

1869.

JEUNESSE!

L'ami sent quelquefois qu'il voudrait davantage ;
Mais il se tait, craignant de causer quelque ennui...
O femme ! qui penchez sur lui ce doux visage,
Pourquoi l'éveillez-vous dans la profonde nuit ?

Pourquoi, lorsqu'agitant les franges de vos ailes
En désignant du doigt l'infini radieux,
Entr'ouvrez-vous un coin des sphères éternelles
Qui lui font entrevoir les cieux ?

J'ai bien souvent laissé sur le papier ma plume
Courir, et vous parler comme on prie, à genoux :
De tous ces chants perdus je ferais un volume,
Si je ne les brûlais avec un soin jaloux !

Mais je ne puis garder plus longtemps le silence.
Dussé-je provoquer un sourire moqueur,
Je vous dirai bien haut ce qu'en secret je pense,
Vous qui m'avez brûlé le cœur!

Quand je suis près de vous, quand votre voix résonne,
Quand votre bras m'effleure, alors je suis heureux;
Et, si vous remarquez que tout mon corps frissonne,
Ce n'est point que je sois ou craintif ou frileux!

Un soir vous m'avez dit, — je vous entends encore —
Que « celle dont le cœur ne chante point l'amour
N'est qu'une nuit sans astre ou qu'un jour sans aurore
(Le vôtre est-il muet ou sourd?).

— « La femme, assure-t-on, est toujours un mystère!
Vous me parlez d'amour? Il n'y faut pas songer,
Car je vous donnerais le conseil de vous taire,
Et ce beau frein — pour le ronger! »

Mais je vous aimerais comme on aime les anges, —
Si vous vouliez, — avec respect, avec ferveur!
Et mes sens, éblouis de voluptés étranges,
N'oseraient désirer la suprême faveur.

5

Je me contenterais d'une chaste caresse,
Du moindre des baisers, — c'est tout ce que je veux.
Non, je demande encor, pour la porter sans cesse,
Une boucle de vos cheveux.

Si je ne suis qu'un fou, vous êtes trois fois femme :
Par le charme, l'esprit, par l'indulgence aussi ;
Et puisque je vous offre enfin rien que mon âme,
Dites, le voulez-vous, que je vous aime ainsi ?

1871.

LA GINETTA

Sous les lambris dorés un soir la Ginetta
Au noble cavalier Luis s'était donnée.
J'ignore si parfois la belle regretta
Son chevrier velu, sa mère abandonnée.

Mais, à vous parler franc, elle n'était pas née
Pour garder des brebis, car elle les quitta.
Donc elle avait carrosse et meute galonnée :
L'humble bergère était de fait señorita.

Or, un jour que s'ouvrait à grand fracas sa porte,
Un lazzarone osa la fixer dans les yeux,
Et de triste il devint presque content, le gueux!

Lecteur, place la scène à Venise, — qu'importe! —
A Naples, à Madrid, ici comme là-bas,
Et trouve à ce récit le sens que tu voudras.

Octobre 1868.

L'ALBUM

Oh! l'album ombreux, discret, frais, accort!
Que de doux secrets sous sa couverture!
C'est là qu'on prépare une sépulture
Pour vous, ô mes vers, palpitants encor.

Comme ces frelons que l'hiver endort,
Puis emporte avec un dernier murmure,
Les aveux fanés vont à l'aventure
Se perdre et mourir sur les tranches d'or.

Belle, en votre cœur, sans laisser de trace, —
Ainsi que l'esquif met à peine un pli
Au front pur du flot, — mon amour s'efface.

Votre doigt fripon lui cherche une place,
La trouve, et soudain au fond de l'oubli. .
Jetez-le plutôt à ce vent qui passe!

Février 1871.

KERVAN

C'était une nature étrange, en vérité,
Que celle de Kervan, le beau mélancolique !
La nuit sur la falaise errant en liberté,
Son biniou chantait un refrain bucolique.

De ses flots l'Océan roulant l'immensité,
A ses pieds s'en venait murmurer dans la crique
Lui restait là, plongé dans cette volupté,
Jusqu'à ce que sonnât la vieille basilique.

Et quand le jour ouvrait ses ailes de couleur,
Illuminant les cieux comme une large voûte,
Du hameau lentement il reprenait la route.

En le voyant passer, solitaire et rêveur,
Les fillettes tournaient en rougissant la tête,
Et lui disaient tout bas : « Bonjour, gentil poète. »

1869.

MALÉDICTION

Quand, passant, le hasard dans ton lit l'eut jeté,
Son âme, en s'embrasant à ta lèvre fatale,
Comme une lampe d'or à l'ardente clarté
Dans ton ombre semait sa lueur sidérale.

Il ne déchiffrait pas, plein d'ingénuité,
Les odieux calculs germant sous ton front pâle,
Ne pouvant deviner que ta perversité
Nouait les fils rompus de ta trame infernale.

Sans voir ton œil oblique et ton rôle imposteur,
A tes pieds follement il égrenait son cœur;
Mais l'amour — comme un flot qui sur le roc déferle

Et brise son écrin contre ce noir vainqueur —
Brusquement vint sombrer sur l'Idéal menteur :
Ta main ingrate et vile ecrasait une perle!

1872.

L'AMOUR

Fleur qui crois sur les bords d'une source féconde,
Entr'ouvrant ta corolle aux baisers purs du vent,
Solitaire ignorée et si rare en ce monde,
N'es-tu point de l'amour le symbole — souvent?

Un jour, — rappelle-toi! — confuse et pudibonde,
Dans un sentier perdu Marguerite, rêvant,
Sous ses pas t'entrevit. — Méphisto la confonde! —
Mais la vierge te mit dans son sein, en tremblant.

Puis, hélas! il advint qu'un soir tu t'es fanée :
Faust te cherchait hier pour t'oublier demain :
La rose respirée est tombée en chemin!...

C'est que pour te garder il faut, fleur dédaignée,
Ou l'âme d'un croyant ou le cœur d'un enfant.
Et tu pâlis et meurs aux lèvres de don Juan!

1869.

A UN VOYAGEUR

Demain, lorsque l'aurore à travers les roseaux
Traînera son manteau de pourpre sur les eaux,
Ami, j'apercevrai ta fugitive voile,
Dans le ciel succédant à la dernière étoile.
Puis soudain, comme fait le rapide alcyon
Qui s'élève, s'élève et se perd dans la nue,
L'«Eros», en t'emportant vers cette île inconnue,
Disparaîtra, — bleu tourbillon!

Ainsi chacun de nous, par des routes diverses,
Vers un but entrevu s'achemine ici-bas.
L'un, en suivant sa voie exempte de traverses,
Vers le bonheur s'avance et ne s'arrête pas.
Son front n'a point fléchi sous les mâles alarmes,
Son cœur n'a point saigné, ses yeux n'ont point de larmes
Tout sourit à ses vœux : il se berce et s'endort
En un long rêve d'or.

L'autre aux rares faveurs de la Fortune altière
N'eut jamais, triste et seul, la plus modeste part.
La froide pauvreté dans sa fleur printanière
Lui mit au front un signe, et comme il vint — il part
Le corps flétri, brisé, mais l'âme inassouvie!...
En ce rude sentier où résonnent ses pas,
Fièrement, le front haut et ne se plaignant pas,
L'homme fort en avant s'élance... et si la vie
A boire le calice en narguant le convie,
Il le vide dans ses combats!

Comme le nautonier au sein de la tempête
Laisse son œil pensif interroger les cieux,
Ainsi, vers l'avenir profond, mystérieux,
Relève, sans pâlir, la tête!
L'Espérance, là-haut, comme un phare qui luit
Sur les flots, se balance — et ton vaisseau la suit.
La Fortune te pousse à la plage lointaine;
Je demeure, cherchant mon chemin dans la nuit ..
Marchons donc hardiment vers la clarté sereine!

1871.

A CYDALISE

Sans doute vous rirez de la douce folie
Qui me prend subito de vous maudire en vers :
A votre aise, morbleu ! car la mélancolie
Est le moindre de mes travers.

Or midi va sonner. — Et, sur votre parole,
Aux corneilles depuis dix heures je bâillais,
Madame. Vous voyez que je suis un bon drôle,
Vraiment, puisqu'en vous je croyais.

Mais j'aspire en rimant un excellent cigare,
Et bois à petits coups ma tasse de moka ;
La fumée en flocons autour de moi s'égare,
Et je flaire dans l'air un parfum de tonka.

De ses ardents rayons m'enveloppant la tête,
Le doux soleil de mai — ce mois cher à l'amour...—
Pardon si je vous semble ici quelque peu bête,
Mais vous m'avez joué, Madame, un charmant tour!

Bref, j'étais là tout seul, écoutant dans mon âme
Un tendre oiseau chanter. Son ramage divin
Était doux et plaintif comme une voix de femme,
Et je rêvais de vous très sottement enfin.

Mais près de moi—tant pis!—vous n'êtes point venue
Sic facta... Les regrets en seraient superflus,
Car je vais m'empresser de ne désirer plus
Vous attendre jamais; mon âme, méconnue
De la vôtre, oubliant vos flux et vos reflux,
Rougirait maintenant que vous la vissiez nue.

Mai 1869.

RÉPONSE A UNE QUESTION

Abandonnant sa main et sa lèvre pudique
Elle disait : « Que veux-tu donc encor ? »
Et lui, pour donner la réplique,
La serrait un peu plus fort.
La jeune vierge émue,
Étant toute nue,
Il prit du coup
A la belle
Pucelle
Tout !

1869.

SUR UNE MORTE

Lentement repliant ses ailes, l'ange noir,
A son chevet penché, vint la bercer ce soir
Dans l'éternel sommeil ! — A l'étreinte sacrée
La vierge s'est livrée,
Et cette peau nacrée
Dont la rose naguère enviait la fraîcheur,
A frémi quand la mort déposa sur son cœur
L'immortelle dorée.

Comme un lac pur qui laisse en ses limpides eaux
Distinguer et compter les pieds verts des roseaux,
Il n'avait pas un pli, ce front de jeune fille !
Comme l'oiseau sautille,
Comme l'éclair scintille,
Elle allait, découvrant son genou ferme et nu.
L'amour avait-il fait d'un frisson inconnu
Palpiter sa mantille ?

Le soir, elle chantait en tressant ses cheveux,
Assise à son miroir, des cantiques pieux.
Elle était bonne et douce aux pauvres du village.
Elle adorait ses fleurs, ses oiseaux, son cottage;
Dans le jardin, sans bruit, comme un blanc papillon,
Elle volait le jour : les hôtes du sillon
Chantaient sur son passage.

Cette âme chastement entr'ouvrait au soleil,
Comme le lis des bois, son beau cœur sans pareil!
La mort seule te vit, ô vierge! toute nue...
Ah! quand nous l'étendrons sous terre, l'ingénue,
Enfants, jetez des fleurs sur son noble tombeau :
Elle s'en est allée innocente là-haut,
Comme elle était venue.

1872.

A M. ET Mme A. H.

Soyez heureux! Ce fils, vous le désiriez tant,
Mes chers amis! — Pour nous, d'ici, le cœur content,
Nous nous imaginons le petit être rose
Paisible en son berceau, dormant dans le coton,
        Épanoui comme un bouton
        D'une fleur tout à l'heure éclose.

Le rameau qu'a marqué le baiser de la Mort
Tombe au pied du tronc noir, mais aussitôt en sort
Quelque joyeux bourgeon — c'est la loi de Nature! —
Et celui qui s'incline en comptant ses douleurs
        Voit briller à travers ses pleurs
        Cette mignonne créature.

Quand l'aube écartera l'aile que le sommeil
Jalousement étend sur cet ange vermeil;
Quand ses petits bras ronds, tendres comme la cire,

S'ouvriront, je vous vois, ô père triomphant,
Guettant le réveil de l'enfant,
A la fois pleurer et sourire!

Sa mère, dans son lit le couvrant du regard,
De ses vagissements réclame aussi sa part.
Que d'extases sans fin, que de larmes de joie
Tous deux vous répandez, disant soir et matin :
« Comme il est frais! quel pur satin!
Il faut encor que je le voie! »

Jouissez du bonheur, vous qui le méritez.
Dans son berceau je veux, si vous le permettez,
Déposer mon souhait : qu'il ait, comme son père,
Tous les beaux sentiments réunis en son cœur,
Et l'auréole de douceur
Qui baigne le front de sa mère!

A UN EXILÉ VOLONTAIRE

L'heure a sonné, le temps s'enfuit, il faut partir.
Les mille bruits qui font que la vie est charmante
S'éteignent. Tu t'en vas, chassé par la tourmente,
Comme une feuille en proie au vent qui se lamente,
Comme un jour que la nuit sous son char doit flétrir,
        Comme un rêve près de finir!

Tu dis: « J'ai ceint mes reins; mais sais-je pourquoi faire?
J'ai vidé, puis brisé la coupe où je buvais,
Sous mon bâton noueux j'entends sonner la terre,
Et, tout seul désormais, droit devant moi je vais. »

Sous un toit inconnu, sur les côtes de France,
Tu t'étais arrêté, laissant à ta souffrance
        Le temps de dompter tes douleurs.
Comme l'oiseau qui veut se reposer une heure,
Tu trouves cette branche où tu fais ta demeure:
        Abîme-toi dans nos malheurs!

Perdu dans le brouillard, ignoré dans la brume,
Tu penses, et ton cœur s'abreuve d'amertume
Au souvenir des jours passés!
Que t'importent dès lors ces injustes murmures?
Ils tombent à tes pieds! — Les chocs pesants d'armures,
Les temps de fer, sont éclipsés!

Écoute l'Océan qui gémit à ta porte
Comme un chant éloigné, comme une voix de morte,
Et qui te parle dans la nuit.
Tu tends l'oreille? Au loin les cris des sombres vagues,
Montant jusques à toi comme des plaintes vagues,
Te bercent à leur large bruit.

De tes lèvres s'échappe un nom mâle et sonore!...
— Ah! rugis, Océan, pleure, rugis encore!
Car il aspire avec bonheur
Les lointains grondements du courroux de tes ondes;
Il lui plaît aujourd'hui, dans ses douleurs profondes,
Ton bruissement de fureur! —

Aurore qui souris, plongeant dans l'onde saine
Comme une nymphe au sein de ses calmes roseaux,
Es-tu présage heureux? — Sur la terre prochaine
Qui l'attend, trouve-t-on, pour boire, une fontaine;
Pour aimer, une vierge, et l'eau pour les chameaux?

L'avenir est muet comme une lèvre morte. .
O France! adieu, le flot en frémissant l'emporte.
A toi, dans son exil, il pensera souvent,
Car en partant il mit sur les ailes du vent
        Sa grande âme — qu'il te rapporte

1871.

A MADAME E. T.

L'année, en déchirant frileusement son voile,
Sort des brouillards du nord, telle une blonde étoile
Qui naît au firmament.
Sa sœur aînée, à peine entraînée en arrière,
Lui montre en pâlissant l'incertaine carrière,
Et meurt dans le moment!

Si quelques-uns avec de banales tendresses
Effeuillent à vos pieds, en leurs froides ivresses,
Les roses à venir,
Moi qui dans le passé vous aperçois sans cesse,
J'oserai sous ce pli glisser à votre adresse
La fleur du souvenir :

C'est l'écho que j'entends dans mon âme ravie,
C'est le chaste parfum qu'au travers de ma vie
Votre trace a laissé,

Et que plus d'une fois j'ai, d'une lèvre osée,
En mes longs jours de deuil, bu comme une rosée
Au front de ce Passé!

Rappelez-vous le temps où, sans prévoir le piège,
Vous vîntes, hirondelle, en ce funeste siège
Vous prendre étourdiment!
Où l'Amour, qui marchait pas à pas dans votre ombre,
Ses flèches à la main sur la muraille sombre
Parut superbement!

Que ce temps semble loin après deux ans d'absence!
Votre oubli l'a roulé dans l'ombre et le silence
Comme en un froid linceul;
Mais ce passé n'étant qu'un fantôme en mon âme,
Oseriez-vous encor me condamner, Madame,
A m'en souvenir seul?

31 décembre 1872

ADIEU!

Je gémis sur ton sort, ô ma pauvre Musette,
Amante du grand air!
Et c'est pitié de voir à ton aile coquette
Pendre un carcan de fer.

Toi qui, sortant encore à peine de l'enfance,
Dans ton vol incertain
Passais joyeusement et faisais en cadence
La nique au noir Destin!

Tu babillais toujours; que ta joie était franche!
Tu mangeais ton pain blanc...
Je crois te voir encor, le pipeau sur la hanche,
Devant moi sautillant,

M'agacer et bondir en riant sur la rive,
Comme un jeune chamois ;

Et quand, pour te saisir, tout essoufflé j'arrive...
Tu me glisses des doigts!

Dis, te rappelles tu la paisible chambrette
Où tu faisais ton nid?
Ton air, quand tu trouvais le soir sur la tablette
Quelque couplet fini?

La chauffeuse ravie à la main maternelle,
Et le matou tigré
Montant sa faction, comme une sentinelle
Sur le rempart sacré?

Et cette table enfin, saint autel en déroute,
Où les feuillets épars,
L'in-folio versé comme un breack sur la route,
Gisaient de toutes parts?

Car cet endroit c'était pour nous le sanctuaire
Aux importuns fermé?
Espiègle, de ton aile, en ce coin solitaire,
Sur ton sein bien-aimé

Tu m'attirais parfois, sans songer davantage
A l'heure du repas.

Ma mère, mécontente, épiant ton passage,
Te gourmandait tout bas.

Sans souci nous avons, le vent poussant la voile,
Vogué vers l'avenir :
Insensés, qui pensions que notre bonne étoile
Ne pouvait point pâlir !

Et maintenant le froid aiguillon de la bise
Bleuit ton pauvre corps !
Sur ta flûte endormie et de poussière grise
On n'entend plus d'accords !

Hélas ! de ton minois où sont-elles, les roses ?
Courbé par le souci,
Je n'inclinerai plus que sur de graves choses
Mon front pâle, obscurci !

De ta blanche tunique autrefois si pimpante
Les flancs se sont ouverts,
Car après le printemps, cette saison riante,
Vinrent de noirs hivers !

Plus de fleurs, plus de chants, de liberté, pauvrette !
Tu manges ton pain noir.

Comme le bœuf pensif, qui tire la charrette
Du matin jusqu'au soir,

A ton ventre — ce dieu — la disette t'enchaîne!
Dans son rude sillon,
Arrache-toi le cœur pour supporter sans peine
Le douloureux bâillon.

Puis vers un but ingrat, comme en deuil de ton âme,
Porte tes tristes pas :
Tu te tais pour longtemps! Mais ta secrète flamme
Pâlit et ne meurt pas.

Pour l'antre de Thémis quittant les frais ombrages
Du bosquet d'Apollon,
Quelquefois tu t'endors sur les doctes ouvrages
Du président Troplong.

A la barre, mon Dieu! quelle drôle de mine,
Avec tes cheveux ras,
Dans ton col empesé, sous ton bouquet d'hermine,
Mignonne, tu feras!

Ce majestueux rôle en ton nom m'inquiète.
Le cœur gros, je dirai :

« O mes amis, voyez, c'est elle, ma Musette
Sous le bonnet carré! »

Sans souci, nous avons — le vent poussant la voile —
Vogué vers l'avenir :
Insensés! qui pensions que notre belle étoile
Ne pouvait point pâlir!

Novembre 1872.

A M. du M...

Vous à qui j'ai voué, lorsque j'étais enfant,
(Et l'enfant sait aimer l'homme qui le défend !)
Un culte de respect et de reconnaissance;
Vous dont le souvenir sur mon front se balance
Comme un rayon d'en haut; vous, l'ami protecteur,
Laissez-moi vous offrir tout ce que j'ai — mon cœur.
Car dans cette heure, — hélas ! bien douce et bien amère ! —
C'est vous que je bénis et nomme après mon père.
Que de fois, quand j'étais un petit écolier
Impatient du joug et limant mon collier,
Que de fois vous m'avez, en me tirant l'oreille,
Appliqué ce proverbe : « Aimez qu'on vous conseille !... »
Plus tard, quand par le vent froid de l'adversité,
Homme, je me sentis au visage fouetté,
Quand la mort, en fauchant sans pitié mon bon pèr
Me lança seul et faible à travers la carrière,
Qui donc alors survint, et, me prenant la main,
M'indiqua mon outil et me dit mon chemin ?
Ce fut vous !

Et quel est cet homme dont la porte

A toute heure du jour s'encombre de la sorte?
Qui reçoit des puissants et des célébrités?
L'homme dont les instants précieux sont comptés,
Et, pressé par le flot qui lentement s'écoule,
Pourrait, certe! oublier de voir dans cette foule
Un jeune homme bien mince et peu riche?
C'est vous!

C'est vous qui ne voulez pas faire de jaloux,
Et qui m'ouvrez toujours — que le ciel vous le rende! —
Avec un mot charmant votre main toute grande.
Puis, en un jour voilé mais dont je me souvien,
Vous m'avez laissé voir — je le pressentais bien
Et vous m'avez compris sans qu'ici je le nomme —
Dans le cœur de l'ami l'âme haute de l'homme.

Cher Monsieur, vous avez un fils. Il grandira.
(Et je tiens pour certain qu'il vous ressemblera);
Il n'aura pas besoin que quelqu'un le protège,
Puisqu'il possédera son nom, seul, pour cortège.
Mais s'il me fait l'honneur de disposer des miens,
Vos obligés seront ainsi deux fois les siens.
Merci. Par vous hier j'ai pu briser ma claie,
Si le fer tout entier est resté dans la plaie!

Septembre 1873.

A UN INFAME

Sous ta noire soutane est un forban — ô prêtre!
Lorsque, le front courbé, dans l'ombre du saint lieu
Tu montes à l'autel, ton regard louche, ô traître!
Se lève avec effroi sur la face de Dieu!

Lorsque ta voix entonne un céleste cantique,
L'Echo, qui pleure au fond du tabernacle saint,
S'envole en frémissant sous le sacré portique,
Et l'enfer fait hurler ses damnés dans ton sein.

Comme l'impur chacal, en rugissant de joie
Tu saisis la brebis qui ne te voyait pas,
Et de tes crocs abjects surexcitant ta proie,
Lâche, tu profanais ses innocents appas.

7.

Lovelace en rochet! Dieu t'a vu. — Cœur infâme!
Tu portes jusqu'au fond la marque du fer chaud :
Tu lui volas son corps, tu lui volas son âme,
Mais ton hideux forfait te rejoindra là-haut!

L'éternelle justice a vengé ta victime :
L'Euménide farouche, en te suivant de loin,
Avant que Dieu te lance au fond du morne abîme,
Maudit, t'écrasera comme un chien, — dans un coin!..

Juin 1874.

DJINA

L'atmosphère est en feu sous le ciel du tropique.
Djina! tes flancs nacrés, ton visage biblique
A ces souffles brûlants
Faneraient leurs doux lis. Djina! ma rose blanche,
Dans ton hamac à jour on devine ta hanche
Et tes deux seins tremblants.

L'atmosphère est en feu. — Ta brune tourterelle
Est muette. J'ai vu l'éclair de ta prunelle
Vaincu par le Soleil.
La Chinoise à tes pieds, d'une voix alourdie,
Murmure en t'éventant l'étrange mélodie
Qui berce ton sommeil.

Repose! — Tous les bruits de la vie à cette heure
S'assoupissent. Repose en ta fraîche demeure!
Gravement, deux à deux,

Les énormes lézards à travers les lianes
Chassent les scorpions vers les mornes savanes,
Lacs faits des pleurs des cieux.

Torpeur voluptueuse! — Au ciel et sur la terre
Tout est silencieux ; l'albatros en colère
Sur les caps chevelus
S'abat du fond des airs, et le coq de bruyère
S'endort en balançant sa crête rouge et fière
Aux murmures du flux.

Moi, j'aime quand tu dors comme une fleur éclose
Venir à pas de loup baiser ta lèvre rose
Et tes grands yeux fermés;
M'inonder sous les flots de tes moelleuses tresses,
Et souvent oublier mes plus folles tristesses
Dans tes bras parfumés;

Ou, quand, sortant du bain en courant demi-nue,
Tu t'ébats sur les bords d'une anse bien connue,
Me montrant tout à coup,
Te cueillir au passage, et, dans ton épouvante,
Jeter tes bras d'albâtre en chaîne palpitante
A l'entour de mon cou!

L'atmosphère est en feu. — Les baisers de ta bouche,
Cette ardente rosée, ont versé sur ta couche
Tous les plaisirs des dieux !
Fermons la natte jaune, oh! restons là dans l'ombre!
Et jusqu'au soir ouvrons, de notre retrait sombre,
Notre aile vers les cieux !

Avril 1872.

A UN PÈRE

ET A UN ENFANT SANS MÈRE

Dans ton berceau plein d'ombre et de rayons repose
Près de ton père, enfant ! — Jusqu'à toi bien souvent
S'envole sa pensée, et son âme se pose
Sur ton rideau qui flotte au vent.

Rose comme la fleur, candide comme l'ange,
Tu t'ouvres à la vie et souris au ciel bleu ;
Éclos dans deux baisers — humain mystère étrange ! —
Sous l'aile du hasard et d'un signe de Dieu !

Le souffle qui t'anime, invisible, sommeille.
Mais l'ombre lentement monte et s'évanouit ;
L'enveloppe se rompt sous l'esprit qui s'éveille,
Et ton âme s'épanouit !...

(En marchant devant lui, — père bien jeune encore ! —
Écarte avec effort les ronces du chemin,
Et, regardant lever l'aube de son aurore,
Rêve, grave et pensif, au vague lendemain.)

Il eût voulu semer les perles les plus belles
Sous tes blancs petits pieds, et, montrant l'horizon
Vaste et tout grand ouvert à tes futures ailes,
Y jeter des fleurs à foison !

Mais il est pauvre, enfant ! Sache-le sans faiblesse !
Avec l'honneur pour guide en votre âpre sentier
Il te transmet le bien que son père lui laisse :
Un nom simple mais pur — et son cœur tout entier.

Ignore donc longtemps, dans ta frêle innocence,
Le sort qui fait une ombre au secret avenir :
Si les cieux étaient noirs le jour de ta naissance,
Lui seul devra s'en souvenir.

Sur le tronc paternel, branche chère et mignonne,
Laisse croître ta sève et ta feuille verdir :
A son front n'es-tu pas une chaste couronne,
Trop douce pour en choir, trop belle pour pâlir !

Mars 1874.

L'UN ET L'AUTRE

A M. B. P.

En ce morne réduit, berceau de l'espérance,
Votre image, ami, dans les yeux,
Il griffonne des vers tristes de votre absence,
Sur un vieil escabeau boiteux.

Lui direz-vous pourquoi fermente ainsi sa tête?
Lui direz-vous où vont ces voix
Qui chantent dans la nuit, et pourquoi la tempête
S'élève en son cœur aux abois?

Quoi ! le moment fatal, plein d'ombre et de mystère,
Vers lui s'achemine à grands pas,
Quoi! son front est courbé sur un labeur austère:
Et, mon cher, ne le grondez pas !

Depuis votre départ, ainsi qu'une âme en peine,
Errant il demande aux échos
Son philosophe — ami (pourvu que l'on parvienne
Au but, qu'importe des cahots!)

Votre âtre est vide et noir et sa flamme causeuse,
Compagne des longs soirs d'hiver,
Est morte dans ses mains comme une malheureuse,
Ne lui laissant qu'un froid d'enfer!

Et puis, la solitude est la douce complice
De cette « Folle du logis »
Dont les écarts subits soumettent au supplice
Son grand courage, j'en rougis!

Mais, mordieu! quand son âme, en ces luttes brisée,
Enfourche son Pégase à cru,
Pour lui quel noir souci de fouailler sa pensée
Hurlant comme une chienne en rut!

Mars 1873.

DAMNATION

Il faisait nuit. Le ciel sous les coups du tonnerre
Grondait au loin, s'ouvrant comme un vaste cratère,
Comme un abîme au sein de l'eau.
Les grands arbres debout, fiers lutteurs d'un autre âge,
Se dressaient, noirs géants, prêts à braver l'orage,
A côté du frêle roseau.

Force et faiblesse ensemble, à cette heure suprême
Où la peur saisit tout, — homme, loup, tigre même, —
Devinant le commun danger,
S'alliaient sans souci des haines de la veille :
— Colères qu'on endort et qu'après on réveille !
O Mort! tu peux tout exiger! —

C'était l'heure. — Aussitôt des grondements sonores,
Précurseurs de la foudre, ainsi que les aurores
Sont les messagères du jour,

Font trembler le vallon. De l'aquilon l'haleine
En tourbillons brûlants s'élance dans la plaine
Courbant tout, chêne et fière tour.

La montagne en gémit, l'onde amère bouillonne,
Du ciel la voûte rouge au loin, bien loin résonne
Comme sous des pas de géants :
C'est la foudre en fureur qui bondit dans la nue,
Hagarde, échevelée, au fort de la cohue
Des nuages aux flancs sanglants.

Tout gémit, tout se rompt. Aux hurlements féroces
Des fauves affolés surgissant hors des fosses
Au milieu des larges éclairs,
Se mêlent le bruit sourd d'un grand chêne qui tombe,
Le soupir de la plante en pleurs sur une tombe
Où dorment des êtres bien chers!

Quand soudain, comme un point dans cette sombre masse
Sous les cieux courroucés, un homme dans l'espace
S'avançait, sinistre, à grands pas.
La rafale de mort rugissait dans la nue,
L'eau ruisselait, fouettant cette tête inconnue;
Mais l'homme ne la sentait pas.

L'œil en feu, comme un spectre il glissait sur la terre;
Et, ricanant ainsi que siffle la vipère,
Haineux, sec, froid et plein d'horreur,
Il avançait toujours. Sa bouche contractée
Lançait au ciel tonnant au-dessus de l'athée,
Le sarcasme affreux, qui fait peur.

Ce démon, insultant aux célestes vengeances,
Riait tout fort au sein de ces clameurs immenses :
On eût dit la voix de l'enfer!
Il narguait l'ouragan, sa colère profonde
Faisait bondir le cœur de ce reptile immonde :
Il se trouvait bien grand, ce ver!

D'orgueil il tressaillait. L'ambition qu'enflamme
Un criminel dessein, minant cette sombre âme,
D'un homme faisait un démon.
De cloaque en cloaque, il dépassa la fange.
Il attendait quelqu'un : le Crime, son archange,
Cette nuit au sommet du mont.

Quand il fut là, debout, au-dessus du tonnerre,
Dominant les éclairs qui dévoraient la terre,
Soudain il fit sonner le cor.

Alors on entendit du milieu des broussailles
Des pas qu'accompagnaient de grands chocs de ferrailles,
Puis un ris plus affreux encor.

L'air au loin s'obscurcit, comme des eaux sereines
Se troublent au contact de fétides haleines :
L'homme tressaillit tout à coup.
Sa gorge se sécha quand, penché sur l'abîme,
Il sentit une odeur âpre de sang : le Crime
Venait de lui sauter au cou !

Décembre 1869.

L'ÉCROULEMENT

I

. . . .

Tu t'agitais pourtant dans la sanglante boue
Pauvre France! où ton front trempait;
Tu sentais la rougeur envahissant ta joue,
De rage ton poing se crispait!
Mais tu ne voyais pas les bords du précipice
Où l'infâme t'allait jeter;
Tu ne distinguais pas sous les fleurs le calice,
Tu ne savais plus t'arrêter.
Semblable aux désœuvrés qui vont de groupe en groupe
En causant courses et catin,
Des plaisirs tu vidais et remplissais la coupe,
Suivant ton facile destin!
Mais tandis que ton or dégorgeait de ta bourse,
Traitant le juste avec dédain,
O Peuple! de ta vie on corrompait la source!
Tu devais te sentir soudain

En proie au noir poison qui tordra tes entrailles,
En t'éveillant le lendemain!
Te voyant ainsi pris en ses larges tenailles,
La Mort déjà tendait la main.
Dans ces convulsions tu n'entendais pas rire
Le monstre à l'œil sombre et fuyant!
Ton cerveau s'enflamma tout à coup en délire,
Alors tu devins effrayant!
On te voulait ainsi... Tout ruisselants de joie,
Pour accomplir leurs noirs desseins,
Tes maîtres un moment t'ont lâché la courroie :
Peuple! voilà les assassins!...
Puis, pour alimenter les flammes de ta rage,
D'ici l'on te montrait au loin
Un peuple comme toi soûlé par un breuvage,
Debout, te menaçant du poing.
On te fit un affront sur ta puissante face
En te criant de le venger ;
Ta *Marseillaise* enfin, qui vibrait dans l'espace
Naguère à l'heure du danger,
Se déchaîna par ordre : on la vit débraillée,
Bondir au boulevard, — partout!
Sa grande voix d'un vin atrophiant souillée,
Ne se reconnut plus du tout :
La gorge toute nue, elle allait, impudique,
En titubant et chantant faux,

Au grand jour étreignant sur la place publique
Les vils auteurs de tous tes maux!
Et quand tombait le soir, dans son ardeur bachique
Elle se ruait aux concerts.
En la voyant passer ivre, la République
Sourdement agitait ses fers :
Sa fille, qu'embrassait l'insolente police,
Avec elle dansait en rond!
O Peuple! comprends-tu s'il fut grand ce supplice,
Quand, d'horreur se voilant le front,
Ne pouvant supporter cet ignoble spectacle,
Elle en détourna ses beaux yeux;
Et, ne voulant point voir souiller son tabernacle,
Les leva tout en pleurs aux cieux!...
Mais il fallait à tous ces agents du faussaire,
Pour ensevelir leurs larcins,
Sur le monde laisser vagabonder la guerre,
O France! et te percer les seins!
Et si quelques Français, montrant leur projet louche,
Hardiment élevaient la voix,
Ils lâchaient leurs bouchers qui leur fermaient la bouche
En les saignant tous à la fois!...
Or donc, enivre-toi, vaillant peuple des halles,
Et gagne la fièvre de sang.
Expose ta poitrine aux morsures des balles
Pour le louveteau grandissant!

II

Au penchant des coteaux l'humble ronce dorée
Serpente à l'abri des grands vents,
L'orage destructeur l'épargnait. Ignorée
Elle s'empare des auvents.
Le chêne balançant une orgueilleuse tête
Au-dessus des superbes monts,
Provoque le courroux de l'ardente tempête
Et brave les durs aquilons.
Mais, par sa force même et sa seule altitude,
Il déchaîne sur lui la mort.
Tel un peuple géant, fier de son attitude,
Subit les rudes coups du sort.
Puis, lorsqu'enfin brisé dans quelque lutte immense,
A terre il roule bruyamment,
L'Europe alors lui jette à la face : Vengeance!
Et se choisit un autre amant.
Hélas! hélas! semblable au beau tronc séculaire
Qu'a trahi la force aux combats,
Honteusement livré, mais tremblant de colère,
Peuple français, tu succombas!
Ta chute retentit dans le siècle, profonde,
A travers le vaste univers,

Et vint d'étonnement stupéfier le monde
Malgré tes sublimes revers.

O grands vaincus de Wœrth, de Forbach,– ô phalanges!
Drapeaux jadis si glorieux,
Dont la mort au hasard a dispersé les franges
Que les vents emportent aux cieux;
Titans aux fiers regards, ô soldats admirables!
Fils des fils de Hoche et Marceau,
Géants qui descendez des géants indomptables
Dont la lutte fut le berceau,
Vous voici maintenant comme un roseau débile
Couchés, rompus, dans les sillons!
Et vous, noirs Africains, grande troupe kabyle,
Où dorment-ils, vos bataillons?...
Allez, courez là-bas, au loin sur la frontière
Rouge de sang coagulé :
Sur le sol vous verrez la grande armée entière,
Lion par l'aigle jugulé!
Cherchez, muets d'horreur, sur ces champs de batailles
Hier flamboyants et poudreux,
Cherchez dans ces fossés, dans ces prés, ces broussailles,
Dans ces muets et sombres lieux,
Cherchez les lourds dragons aux sinistres crinières,
Les hussards jadis si coquets :
Ils sont défaits, sanglants, broyés, sous les bruyères

Pêle-mêle avec ses bouquets!
Zouaves et chasseurs — gigantesque ossuaire! —
Hauts grenadiers aux noirs bonnets
Reposent côte à côte en un même ossuaire
Semé de sang et de genêts!
Remuez ces monceaux — jambes, têtes coupées —
Secouez ce linceul de fer,
Et parmi ces débris de canons et d'épées,
Ce chaos sombre, cet enfer,
Vous verrez se dresser un tombeau de mitrailles,
Des cadavres noircis au fond...
Vous entendrez un cri sortir de ses entrailles :
« Anathème à Napoléon! »
Un seul homme a fait plus que le Dieu de la Bible
Qui, pour châtier les humains,
En courroux déchaîna son grand déluge horrible
D'où sortaient des milliers de mains! —
Quand nous pensons à toi, chère et vaillante Alsace,
Immolée au Dieu des fureurs,
Quand nous voyons ton sein saignant — ô grande race!
Nos yeux se remplissent de pleurs.
Nobles vaincus, dormez! — Vous vivrez dans l'histoire
Sur ses panthéons immortels,
Car vos noms surgiront bientôt de l'ombre noire
Et brilleront sur ses autels,
Car, des cieux descendant vers vous, l'ange de gloire

Vous a pris dans ses bras d'airain
Et, déployant soudain sa grande aile de moire,
Vous a dit : « Héros, à demain ! »

III

Quand des dogues vaillants au milieu d'une plaine,
Cernant le pesant sanglier,
Tour à tour éventrés, se trouvent hors d'haleine,
Hurlants, obligés de plier,
Lui, dans leurs rangs perçant une brèche profonde,
Du bout de son boutoir fumant
Les pique et les brisant de sa mâchoire immonde,
Les repousse pour un moment :
Tel le pourceau de Prusse, — ivre de sang, de rage,
A travers nos héros surpris,
Aux échos d'alentour jetant comme un outrage,
D'un accent guttural, ses cris ;
Sentant sous ses sabots pétiller la chair rouge
Que son impérial boucher
Par lambeaux lui tendait, — bondit hors de son bouge
Où la Mort l'osait toucher.
Puis, franchissant d'un saut la large barricade
Faite des corps broyés sous lui,
Fier, écumant, joyeux de la hideuse aubade,

Tout droit, il piqua dans la nuit.
Taïaut! taïaut! En chasse, aimable roi Guillaume!
Sus au lion, sus au Français!
Prends ton épieu, ta Bible — où tu lis que Sodome
En cendres croula, tu le sais? —
Emporte ton courroux, soudard, fais ta prière;
Ferme au loquet ton mauvais lieu,
Et lâche bien à jeun la monstrueuse guerre
En invoquant le nom de Dieu.
La France est là béante, ouvrant à ton armée
Le sillon du meurtre accompli;
On gagne à l'éventrer argent et renommée;
Profite bien de notre oubli!
Et toi, vieux loup Bismark, sors de ton froid repaire,
Avance sourdement sous bois;
Puis, en riant sous cape avec ton faux compère,
Mets-la, bon diplomate, en croix...
O France! laisse-nous voiler la sombre page
De notre histoire d'aujourd'hui!
Regarde sans pâlir ton immense naufrage;
Marche, ton drapeau nous conduit!

1870.

LES VAUTOURS

Ils se sont envolés, ces noirs oiseaux obscènes !
En croassant ils ont épouvanté la Nuit.
Ils se sont envolés, rapides, de ces plaines
D'où le sang à longs flots comme un torrent s'enfuit.

A tire-d'aile ils ont traversé le carnage !...
Là-bas, un contre dix, dans les champs ravagés,
Des milliers de soldats avec un cri de rage
Sont tombés. Ils sont là, morts debout, non vengés !

Comme ils paraissent grands, ces héros des batailles,
Ils dorment, vaincus, mais — indomptés, — les géants !
Quels formidables coups ont ouvert leurs entrailles
Qui regardent les cieux avec ces trous béants !

Il faudrait, pour conter ces luttes homériques,
Vaste orgie où la Mort a soûlé ses corbeaux,
La grande voix du Tasse en ces combats épiques
Où l'on voit s'empourprer le poitrail des chevaux.

Les gros arbres aux flancs ont de larges entailles,
Et les bouleaux brisés pendent sinistrement,
Car ils ont fauché tout, les paquets de mitrailles,
Hommes, chevaux et bois, dans un long sifflement!

Et la douce bruyère aussi penche, elle est morte!
Sur le bord des chemins on ne la trouve pas;
La brise de la nuit de tous côtés l'emporte...
Et les fleurs d'un sang noir sont teintes jusqu'en bas.

Le jaune épi de blé dont la tête voltige
Sous les baisers féconds de ce tiède printemps,
Avec orgueil au ciel ne dresse plus sa tige :
Dans le sillon il gît tout rouge — et pour longtemps!

Car la guerre partout bondit dans la campagne.
Car le brun moissonneur déserte ses vallons;
Il porte le fusil, et son fils l'accompagne
Avec ses serviteurs auxquels il dit : « Allons! »

L'invasion s'avance... Au loin tremble la terre
Sous le poids des canons qui roulent sourdement.
De rustiques travaux les hommes n'ont que faire :
Il faut se battre encor, toujours, pour le moment!

Et la Ville elle-même a fourbi sa cuirasse.
Ses enfants accourus apportent du renfort.
L'acier sonne et reluit, un grand cri dans l'espace
Monte : c'est le défi qu'elle jette à la Mort!

Oh! jadis, qu'elle fut forte et belle, la France,
Cette âme de l'Europe et de l'humanité;
Humble dans le succès, fière dans la souffrance,
Elle combat pour vous — Progrès et Liberté!

Ils se sont envolés, tous ces vautours avides
Qui s'étaient abattus naguère dans nos champs!
Lâchement ils ont fui, laissant nos veines vides,
Avec leur bruit sinistre et leurs lugubres chants.

Ils s'en vont un par un, tous gorgés de ripaille,
Se rassembler plus loin en groupe repoussant :
Ils se partageront, mais non pas sans bataille,
Nos loques, notre chair, notre or et notre sang...

Carnivores! vous qui là-bas, la gueule pleine,
En nous raillant buvez champagne et clos-vougeot,
Garde à vous! Le lion, fatigué, prend haleine :
Vous l'avez cru blessé mortellement?—Trop tôt!

1870.

LES FRANCS-TIREURS

Nous sommes les gais francs-tireurs.
Comme la légion antique,
Nous sentons vibrer dans nos cœurs
Le souffle de la République!

Prussiens! garde à vous!
Car nous avons l'oreille fine,
Le doigt sur notre carabine...
Pif! paf! nous faisons mouche à tous les coups!

Debout dans les plis du drapeau
Teint du plus pur sang de la France,
Nous nous faisons trouer la peau,
Joyeux d'alléger sa souffrance!

Quiconque porte un cœur vaillant,
D'aise le sent sous sa mamelle
Tressaillir, lorsqu'en bataillant
Le canon à ses cris se mêle.

Nous n'avons pas l'enivrement,
Les grands chocs du champ de bataille,
Vaste et splendide tournoîment
Où l'homme sent grandir sa taille;

La lutte au franc soleil, la Mort
Déployant là-haut sa grande aile :
De ce volcan quand elle sort,
La Victoire paraît plus belle!

Nous arrêtons convoi, fourgon,
Qui serpentent dans les collines.
Nous avons l'œil sûr, le bras prompt;
Elles sont en feu, nos poitrines!

Les francs-tireurs savent fort bien
Mener la guerre d'embuscade,
Escamotant un corps prussien
Comme l'on fait d'une muscade ;.

Ou bien encor tordre les ponts
Sous les morsures de la poudre :
Quand ils éclatent hors des gonds
On dirait que tombe la foudre.

L'écho jette au loin ces clameurs..
Alors en combattant nos frères
Disent : « Ce sont les francs-tireurs
Qui font se choquer des tonnerres».

Faisant un feu d'enfer, des monts
Nous voyons s'enflammer les gorges,
Joyeux comme les noirs démons
Quand rugit l'haleine des forges.

Voilà quels sont les francs-tireurs,
Légion dans le monde unique,
Ardents amants, sombres vengeurs
De notre sainte République !

Prussiens, garde à vous !
Car nous avons l'oreille fine,
Le doigt sur notre carabine...
Pif! paf! nous faisons mouche à tous les coups!

1870.

AUX MARINS

Fluctuat, nec mergitur.

Le navire, assailli d'un brusque et vaste orage,
Envahi par les flots sur le haut bastingage
Passant et repassant
Avec des bonds de tigre, avec des cris d'hyènes,
S'abîme, et l'on entend les nerveuses antennes
Gémir en se brisant.

Les hardis matelots, de panaches d'écume
Inondés et courant dans cette épaisse brume;
Regardant, dédaigneux,
Ce naufrage prochain et cette mer hautaine,
Écoutent, attentifs, la voix du capitaine
Qui monte dans les cieux.

Ainsi voguait Paris, vaisseau de la Patrie,
Sublime proie offerte aux vagues en furie
Des barbares du Nord;
Surpris, mais faisant tête à la sombre avalanche,
Il entendait déjà par le sabord qui penche
Grimper la pâle Mort.

Mais voici que soudain un long hurrah résonne,
Le flot brisé se fend, le vaste ciel frissonne,
O spectacle étonnant!
La voile se redresse, et la large carène
Lentement reparaît, glissant comme une reine
Sur le gouffre tonnant.

O nos marins! — orgueil suprême de la France! —
Sur le pont entourant, fiers et pleins d'espérance,
Le mât désemparé,
Avec amour sur vous notre regard se pose,
Et l'ennemi redoute, ô loups de mer! pour cause,
Votre chapeau ciré!

A la hâte accourus de tous les points du monde,
A l'appel du devoir dans la lutte profonde
Vous vous êtes jetés;
Et, sous la pression de vos larges épaules,
Les longs cercles de fer nous pressant en deux pôles
Au loin sont écartés.

Dans ce Paris-vaisseau vous êtes à la barre,
Et votre bras puissant comme d'une gabare
En tient le gouvernail.
Le Prussien stupéfait en tremblant vous contemple
Planer en ces combats superbes, sans exemple,
Comme un épouvantail!

Nuit et jour vous veillez sur notre Ville sainte,
Et l'on voit s'enflammer sur les flancs de l'enceinte
La gueule des canons.
Les obus, les boulets, les balles, les torpilles,
Fouillent les bois obscurs, la plaine, les bastilles
Et les mornes vallons.

O marins! — notre espoir, — votre mâle courage
Inspire aux ennemis, malgré leur lâche outrage,
Le respect. — Sous nos pleurs,
Nous aimons à vous voir élever haut et ferme
En ces luttes sans trêve et peut-être sans terme,
La hampe aux trois couleurs!

Les femmes, les enfants et les vieillards sommeillent,
Tranquilles, se disant : « Puisque nos marins veillent,
Avec sécurité
Nous pouvons reposer. » — Et sur vos nobles âmes
La Gloire va jeter l'auréole de flammes
De l'Immortalité!

De ce duel sanglant quelle que soit l'issue,
Que la France s'élève ou retombe, vaincue,
Ils ont sauvé l'honneur!
L'Histoire inscrit leurs noms sur ses sublimes tables,
Et d'aise on sent frémir les mânes indomptables
Des gabiers du *Vengeur!*

1870.

L'INSTANT PSYCHOLOGIQUE

Le temps fuit, la nuit vient, le pain est plus que rare.
En se serrant les flancs on mange du cheval,
Et, traitant les morceaux comme l'or un avare,
L'élan sublime reste égal.

Et l'hiver, secouant sa robe constellée,
Dans nos os fait courir un glacial frisson.
Le vent souffle, mordant sur la terre gelée,
Et nos yeux scrutent l'horizon.

En attendant, l'on souffre et l'on tient. De se rendre
Personne jusqu'ici n'entendrait qu'on parlât;
Quiconque l'oserait se pourrait faire pendre.
Mais qui le pense donc? et nul ne dit cela!

Jour et nuit de grands jets de flamme et de fumée
Font comme une couronne au front de nos remparts;

La Mort vole, rongeant la chaîne refermée
Qui nous étreint de toutes parts.

S'il est beau de tomber le cœur percé de balles,
La face à l'ennemi, le drapeau dans la main,
Il est plus grand de voir des milliers d'êtres pâles
Sous le froid, dans la boue, au milieu du chemin,

Battant du pied le sol et soufflant dans leurs paumes,
L'estomac vide, attendre un affreux limon noir,
Tandis que dans les airs, en crevassant les dômes,
L'obus pleut du matin au soir.

Eh bien, cette existence atroce, c'est la nôtre!
Plus de pain, plus de bois, en janvier plus de feu!
Et Paris est serein : tel le martyr-apôtre
Qui va mourir et voit venir vers lui son Dieu.

Oh! malgré soi l'on sent l'enthousiasme en flamme
Courir et vous brûler des pieds jusqu'aux cheveux :
Dans trois siècles Paris fera palpiter l'âme
Des fils de nos petits-neveux.

Les hommes, occupés aux choses de la guerre,
Pensent à la patrie et marchent aux combats,
Et la femme intrépide, être choyé naguère,
Tremble en prenant « la file » et ne s'éloigne pas.

Celle qui fait cela, ce n'est point la princesse,
Perruche impure et sotte enfuie on ne sait où;
C'est la fille du peuple où l'on trouve sans cesse
Un cœur vaillant et prêt à tout.

Aux portes des bouchers des « files » d'êtres hâves
Échangent, l'œil brillant, en attendant leur tour,
De sublimes propos : ces femmes sont des braves,
Et l'on doit être fier de gagner leur amour.

Et l'heure fuit toujours. L'horizon est sans voiles!
La famine et la mort planent sur les sommets;
Mais l'espoir et l'honneur, ces deux belles étoiles,
Brillent, ne s'éclipsant jamais.

Oh! quand le jour s'éteint, quand grondent les mitrailles,
Sur la terre étendu, quand le sommeil vous fuit,
Il est dur de sentir au fond de ses entrailles
Une main qui vous tord dans l'horreur de la nuit!

Il est venu, dit-on, l'« instant psychologique »?
Regardez : par le fer, la faim, les vents, battu,
Voilà ce que peut faire un peuple en république;
Liberté, voilà ta vertu!

1er janvier 1870

DEUIL

Le jour se lève : ils ont pénétré, les barbares !
(Que vous devez frémir dans l'ombre, ô nos vieux lares!)
Furtifs et l'œil tendu, lançant à l'entour d'eux
Des regards inquiets, ils marchent deux à deux.

Partout des drapeaux noirs. Et la Ville muette
De leurs lugubres plis semble voiler sa tête.
Places et boulevards sont mornes et déserts,
Un grondement confus roule à travers les airs.

Eux contemplent, saisis d'un grand respect étrange,
Avec émotion,
Le géant invaincu, dont la dignité venge
Les insultes du sort, et le séjour de l'ange
Et l'antre du lion.

Ils sont parqués là-bas, ces maîtres d'un empire!
Silence, plus un mot! — le deuil ne doit rien dire :
Les larmes sont au cœur, le mépris dans les yeux,
Et le poëte ici, sombre et silencieux,
Met un crêpe à sa lyre...

1er Mars 1871.

AU VAINQUEUR

Le reptile gluant,
Qui sur le ventre rampe,
Se traîne tout suant
Et dans la fange trempe,

D'un œil glauque, envieux,
A l'infini contemple
L'oiseau qui dans les cieux
Monte comme un exemple.

Il est jaloux de lui,
De sa chanson, de l'aile
Dont le soleil qui luit
Fait jaillir l'étincelle;

Il le voit dans la nuit
Plonger comme une voile
Et chastement, sans bruit,
Baiser au front l'étoile.

Il le suit, sombre, amer,
Comme l'éclair qui passe,
Franchissant ciel et mer
En vrai roi de l'espace :

Mais, — efforts superflus! —
Par moments quand il vole,
Ne l'apercevant plus,
Il l'appelle frivole!

Il l'admire tout bas,
Bavant vers lui sans cesse,
Mais il ne l'atteint pas
Du haut de sa bassesse.

Les éblouissements
Que ses écarts lui donnent
Font que ces Allemands
Jamais ne lui pardonnent,

Puis nos Mimis Pinsons,
En la grâce maîtresses,
Donneraient des leçons
A vos grandes-duchesses.

Rien qu'avec un ruban,
Rien qu'en jetant la tête,
Lisette, au second plan,
Met Gretchen en défaite.

Berlinoises en pleurs,
A nos Parisiennes,
Ces délicates fleurs
Qu'on croit olympiennes,

Vous n'atteindrez jamais
Par l'esprit ou la grâce :
Elles sont des sommets
Où mourrait votre race.

Si vous les copiez,
N'étant pas leurs émules,
De rire vos gros pieds
Font éclater leurs mules !

Nos femmes, Fritz joufflus,
Ce sont des sensitives
Aux parfums inconnus
Des rêveuses massives.

Enfin, — et c'est ici
Qu'un bout d'oreille passe, —
Vous n'avez qu'un souci :
« Des armoires à glace,

Des montres, des bijoux,
Et surtout des pendules ! »
Ainsi rêvent de vous
Vos suaves Ursules...

Au lieu de lauriers verts,
Quand vous faites la guerre,
Cueillez de bons couverts,
Si vous voulez leur plaire !

Mars 1871.

CEUX-CI

Non tu, Pyrrhe ferox, nec tantis cladibus auctor
Pœnus erit; nulli penitus discindere ferro
Contigit; alta sedent civilis vulnera dextræ.

LUCAIN.

Ce n'était point assez qu'un atroce vainqueur,
Le genou sur la gorge, eût souffleté la France :
Sur son auguste face et son antique honneur
Jeté la suprême insolence
De son éclat de rire horrible et douloureux !
Ce n'était point assez de sept mois d'hécatombes,
Assez de deuils, assez de tombes,
Assez d'écroulements honteux,
Et de ce sang qui filtre au travers des suaires
Au fond de tous ces ossuaires !

Ce n'était point assez que, lambeaux à lambeaux,
Le passé glorieux en poussière d'atomes
S'effondrât, et qu'on vît tant d'illustres fantômes,

Insultés dans leurs froids tombeaux,
Se dresser au milieu des fumantes décombres
Pour étaler aux yeux de leurs petits-enfants,
A cette heure abattus et sombres,
Leurs superbes fronts triomphants!
Ce n'était point assez de ces hontes suprêmes,
O France! il nous fallait te déchirer nous-mêmes!

Toujours ce bruit strident qui déchire les airs!
Toujours penché sur nous ce spectre aux yeux de flammes
Qui, bondissant au sein des lugubres éclairs,
Vient demander sa moisson d'âmes!
Quoi! ce cruel fantôme aux mains teintes de sang,
Qui ronge un avenir naissant,
Se traîne sur la terre encore?
Quoi! cette vision sinistre, quoi! ce bruit
Ne s'abîmeront pas, comme pâlit la Nuit
En regardant monter l'Aurore?

Aube charmante et pure, effluves du printemps,
Sur la Ville immortelle en soulevant vos voiles,
Que voyez-vous, hélas! en ce funeste temps?
Et vous, qu'éclairez-vous, étoiles?
La gueule des canons sur les remparts reluit;
Des cris de rage dans la nuit
Sortent de ces champs de batailles,

Comme les épis mûrs fauchés, sur les chemins
Des cadavres épars crispant encor leurs mains
Comblent les fossés, les broussailles !

Partout le pavé retentit
Sous le pied nerveux de la foule,
Et sans cesse l'écho redit
Le choc des canons qu'elle roule !
Partout de sombres bataillons
Sur les places, la nuit, défilent !
Balles, obus, dans les sillons
Silencieusement s'empilent !

O Peuple ! l'insurrection
De nos aînés était sacrée.
L'histoire avec émotion
Sur une page lacérée
A fait de sublimes aveux.
Mais redoute qu'elle n'apporte
Que le cadavre d'une morte
Demain à nos petits-neveux.

Ne regardons plus en arrière :
Le Passé ne peut revenir.
Tous les esprits dans la carrière
Vont en avant, vers l'avenir.

Pansons nos communes blessures,
Calmons nos cœurs tumultueux :
Les royautés ne sont pas sûres,
Et les empires sont fangeux.

Jetez ces armes criminelles,
Français, il en est temps encor ! —
Le chevreuil, trahi par le cor,
Tourne ses mourantes prunelles
Vers le chasseur qui l'a blessé ;
Et quelquefois la triste larme
Qui roule de son œil baissé
Attendrit l'homme et le désarme. —

Ne distinguez-vous point, d'ailleurs,
Aux cieux une forme chérie,
Qui vous tend les bras, tout en pleurs ?
Frères, cet ange est la Patrie !
Enfants, ce fantôme voilé
Qui vous adjure, est votre mère !
Cette femme au front étoilé,
C'est la République en prière !...

3 Mai 1871.

CEUX-LA

Et vous, corbeaux jadis par les vautours proscrits,
Vous accourez, masqués, en hâte...
Du noir essaim aux cieux volent les cris,
Et leur sinistre joie avec audace éclate !
Prônant, semant leurs noms et leurs écrits,
Ils vont en croassant procréer la panique,
Tentant, comme leurs devanciers,
De faire évanouir au bruit de leurs gosiers
Notre troisième République !
Car la France, au sortir de cet abîme noir,
A pris, toute pleine d'espoir,
Une route jadis superbe,
Sans distinguer dans l'ombre où reluisent ses yeux
Ce fantôme qui cherche avec ses doigts noueux,
Un diadème égaré parmi l'herbe !

Août 1871.

A UN HOMME

De ce temps impuissant c'est la grande figure!
Quand il surgit de l'ombre, en voyant sa stature
Et son front bien connu,
Les tyrans éperdus sur leurs trônes frémirent,
Les spectres évoqués derrière lui s'unirent :
L'instant était venu!

Les sinistres chacals, pressés par le molosse,
S'émeuvent en grinçant; tel, lorsque du colosse
Le mâle cri roula,
L'édifice ébranlé de nos hontes publiques,
Avec ses noirs suppôts, ses lâches politiques,
Sous le mépris croula.

Puis le flot populaire, en tordant dans sa rage
Ce trône et ses débris, saisit sur le rivage
Cet homme merveilleux,

Et, — comme on voit la mer dans les hautes tempêtes
Jusqu'aux astres lancer ses écumantes têtes, —
L'emporta jusqu'aux cieux !

O vous, vengeurs du peuple, ombres inapaisées,
Danton, Hoche, Carnot, dont les voix courroucées
Firent la guerre aux rois,
De la cause des fils gigantesques apôtres,
En celui-ci brillant à la tête des vôtres
Vous revivez tous trois !

L'abîme était béant... Mais à travers la France,
Superbe, il promena comme une torche immense
Son éloquence en feu.
Oh ! la Patrie en pleurs peut-être aurait pris flamme,
Car le lion jetait à tous les vents son âme
Où rugissait un dieu !

O rage ! ô dénoûment ! Ni cet ardent génie ;
Ni ce commencement d'un terrible incendie ;
Ni ce sublime effort ;
Ni ce spectre sanglant, revenant fatidique,
Ne purent pour longtemps, ô notre République !
Galvaniser le mort.

A son front sillonné des ombres s'étendirent,
Et ses tressaillements lentement s'éteignirent

Avec un sombre bruit;
Ainsi du rouge Etna de hautes étincelles
Jaillissent, et soudain en sanglantes parcelles
Retombent dans la nuit.

Malheur aux insolents qui prétendraient descendre
En ce cratère noir! Scintillant sous la cendre,
La flamme surgira
Quand l'heure de revanche et le jour de victoire
Sonneront... Mais c'est là le secret de l'histoire
Que l'avenir lira.

Du héros incompris l'âpre voix est muette. —
Sur ce grand nom blessé la haine est satisfaite,
Et la Réaction,
Hydre aux cent mille pieds, monstre bâtard qui louche,
Au soleil éployé, poursuit, lâche et farouche,
La Révolution!

Et lui, seul, à l'écart, penche un front indomptable
Sur tous ces conjurés bâtissant sur le sable,
Dans l'éblouissement. —
Il regarde à ses pieds l'intrigue monarchique...
Mais du sombre horizon ton astre, ô République!
Émerge lentement!

Juillet 1871.

TRISTESSE!

(PAROLES D'UN SOLITAIRE)

Sunt lacrymæ rerum!

Plus qu'un autre peut-être, à l'âge où tout sourit,
A l'âge où tout éclôt, où le cœur et l'esprit,
Volant de fleurs en fleurs ainsi que les abeilles,
S'abreuvent ardemment aux corolles vermeilles,
J'ai remonté la vie avec le désespoir :
Le courant était dur et le flot était noir !
(Les roses qui paraient mes premières années
Sous l'âpre vent du Nord s'étaient vite fanées.)
J'ai plongé trop avant dans l'océan sans fond,
Et sous la vague verte où les niveaux se font
Mon âme, follement de grands rêves bercée,
Ne voulait point céder à l'étreinte glacée!
Aux monstres ténébreux que j'ai vus en passant,
J'ai laissé des lambeaux de chair vive. Oh! le sang
Qui s'échappe parfois des anciennes blessures

Coule encor sous mon ongle — et non plus leurs morsures ! —
J'ai souffert tous mes maux, et le bruit de mes pas
Éveille des échos dont je ne parle pas !...

Puisque; tout ici-bas se décolore et tombe
Puisque de son berceau jusqu'au seuil de sa tombe
L'homme passe en semant sa pauvre âme en chemin ;
Puisque le dernier mot du grand problème humain
Est souvent le regret et toujours la souffrance,
Pourquoi, mortels, pourquoi, dans la désespérance,
Vers l'infini lever un poing séditieux
Et lancer un blasphème à la face des cieux ?
A quoi bon ces transports? La plainte est inutile!
Le jour succède au jour, et l'aiguille, tranquille,
Sans cesse décrivant son évolution,
Va, vient, tourne et repart sans bruit, sans passion ;
Rien ne trouble sa marche innocente et fatale;
L'arbre croît et verdit, la clarté sidérale
Mollement se balance à la cime des flots,
Et le vent en chantant emporte nos sanglots.
Notre infortune est nôtre et nous l'avons choisie :
Que d'amertume au fond pour un peu d'ambroisie!
Ah ! quiconque a vidé la coupe, dès les bords
Éprouve le frisson et la pâleur des morts.

Lorsque, le front courbé, la blonde Madeleine,

Laissant couler l'amour dont son âme était pleine;
Le visage inondé de ses flottants cheveux,
Plus triste que le soir d'un automne orageux;
Quand ce cœur, oppressé d'ineffables alarmes,
A tes pieds épanchait son repentir, ses larmes,
O fils de Bethléem! lorsque ce corps si beau,
Plus pâle qu'un blanc lis brisé sur un tombeau,
Frissonnait éperdu comme la fleur dans l'herbe,
Quand tu la vis venir, en l'extase superbe,
Entre ses doigts d'ivoire enlacer tes genoux,
Les bras tendus, tu dis : « La paix soit avec vous. »
Le pardon descendit de ta bouche à ses charmes,
Et tu fis relever la pécheresse en larmes :
Le feu qui la brûlait, comme un souffle embaumé,
O Christ! monta vers toi, — toi qu'elle avait aimé!

Or donc tout est néant dans le ciel, sur la terre,
Notre *credo* d'hier n'est plus qu'un spectre creux,
Et l'homme, qui dressait l'autel d'une chimère,
Méprisant sa faiblesse, est pris d'un rire affreux.
La science a jeté le cri d'adieu suprême
A l'astre décroissant qui sombre au sein des eaux :
La foi, l'espoir, l'amour, jusques à Dieu lui-même,
Elle en fit ce que fait l'ouragan des roseaux.
Évanouissement de vingt siècles crédules!
Comme un navire en proie à la dent de l'écueil,

Par le Doute et la Mort, ces funèbres émules,
Notre horizon borné s'abîme en un cercueil;
L'éternel mouvement, sans regrets, sans tempêtes,
Transforme tout — et l'homme et le ciel étoilé!
L'impassible Science a brillé sur nos têtes,
Et voici que soudain tout un monde a croulé!
Jour fatal, jour néfaste, où l'homme, seul, frissonne.
Par un soleil hâtif l'épi trot tôt mûri,
Courbe sa tête d'or, et sa tige qui sonne
Roule, éclate et se mêle au sol qui l'a nourri.
L'oiseau qu'un vent d'espoir vers la sphère divine
Soulevait et berçait dans un rêve infini,
Ne monte plus aux cieux sur sa plume argentine :
Son aile s'est brisée au rebord de son nid!
L'insensé qui cherchait l'Idéal dans la nue,
Déchire son drapeau comme un soldat vaincu,
Et, se laissant aller vers la rive inconnue,
S'écrie : « O Mort! tu peux m'emporter — j'ai vécu.
O Mort! ton sombre nom, ainsi qu'un glas farouche,
Frappe ceux-ci d'horreur et fait grincer ceux-là.
Eh bien! ouvre tes bras et pose sur ma bouche
Ton dur baiser de spectre en disant : « Me voilà. »
Viens, froide fiancée. En ta funèbre couche
Ensemble endormons-nous sans témoin, sans éclat,
A jamais... Crois-tu pas que ta hideur me touche?
Prends dans tes doigts osseux ma main — et garde-la!

S'il est vrai que palpite en nous l'âme immortelle,
Tu lui donnes l'essor superbe. — Ah! puisse-t-elle
Déployer par les cieux des ailes de géant!
Mais si le noir tombeau dévore l'Espérance,
Tu me sembles plus douce, étant la délivrance
Et l'éternel oubli dans la nuit du Néant!

Qu'as-tu fait, flot puissant qui si loin nous emportes,
Si ton fatal reflux doit mugir en tout lieu?
Dans ce terrible choc que de choses sont mortes!...
Et dans les cieux profonds on n'aperçoit plus Dieu! »
A genoux à l'écart où je m'apaise et prie,
J'ai laissé tristement voguer ma rêverie.
Ainsi qu'au fil des eaux flottent en murmurant
Les algues que la brise éparpille au courant,
Mes vingt ans écoulés m'arrêtent au passage,
Et, me parlant tout bas dans leur secret langage,
Avant d'aller toucher la morne éternité,
Me font lever les yeux vers l'Immortalité!

Septembre 1876.

BONHEUR

I

Puisqu'un amer labeur m'enchaîne loin de vous;
Puisqu'il me faut, le cœur rempli de votre image,
Seul et triste ce soir, rassemblant mon courage,
Faire ma cour au Code — et point à vos genoux, —

Qu'au moins ces quelques fleurs, de mes baisers couvertes,
Plus heureuses que moi, se mettent en chemin ;
Qu'elles volent vers vous, chère, et que votre main,
En écartant bientôt leurs feuilles entr'ouvertes,

Les sente frissonner de bonheur et d'amour :
Car dans leurs plis soyeux mon âme s'est glissée,
Car j'ai laissé tomber en elles ma pensée,
Et tout mon être chante et palpite alentour!

9 Mars 1880

II

Vaincu mal résigné, mais soudain espérant,
Depuis que vous avez mis votre main mignonne
Dans la mienne, je sens que tout en moi rayonne
Et que pour mieux aimer mon cœur s'ouvre plus grand!

Le Bonheur qui vers moi s'avance en soupirant,
N'est-ce point cet absent que n'attend plus personne?
L'Écho, — qui se souvient, — lorsque son pas résonne,
Me dit : « C'est lui, l'enfant prodigue, qu'on te rend. »

Qu'on le fête et l'acclame. Oh! qu'on lui fasse place,
A notre hôte béni! Que devant nous il passe,
Chassant au loin la nuit, pareil au Dieu du jour!

Pour qu'à ton front sacré le vert rameau renaisse,
Que te faut-il encor, Muse de ma jeunesse?
Livre ton aile au vent, chante, — voici l'Amour!

18 Mars 1880

III

Oui, scellons le Passé comme on scelle une tombe.
Dans les flots de l'oubli que ce fantôme tombe
Et sombre, s'y noyant!
Car le Présent, au front portant toute l'aurore,
Vers Demain, — ce zénith qui l'éblouit encore —
Marche en le foudroyant.

Déchirons cette page agitée et sanglante
(Qui chaque jour me semble à s'effacer moins lente
Depuis que vous m'aimez),
De peur que votre esprit s'inquiète ou s'étonne
De me voir quelquefois tresser une couronne
De cyprès refermés!

Mais laissez-moi prier et pleurer. — Ma prière
Monte vers vous, portant sur son aile légère
Le cinname brûlant,
Ces larmes que je verse, ainsi qu'une rosée
Calment en l'épurant mon ardente pensée
Vers vous toujours volant.

De pudiques clartés pour vous elle s'inonde ;
Par vous elle s'abîme en cette paix profonde
Que fait notre union !
Votre foi la relève et votre main la venge.
Chaste comme l'étoile et pure comme l'ange
De la Rédemption,

Vous êtes mon autel, vous êtes ma déesse !
De ma religion demeurant la prêtresse
Jusqu'en l'éternité,
Descendez dans mon cœur, illuminez ce temple
Où l'amour de l'époux, plein de respect, contemple
Votre sérénité !

28 Mars 1880.

IV

Lorsque vers vous j'accours, mon cœur, mon pauvre cœur,
S'emplit de purs rayons sous son laurier vainqueur ;
Et, retrouvant l'éclair de sa fraîcheur première,
Il va vers le Bonheur, il va vers la Lumière,

Il va vers l'Espérance! — En votre main d'enfant
Vous tenez le faisceau sublime et triomphant
De tout ce que bénit l'âme de l'honnête homme,
Votre amour en étant la synthèse et la somme!

Sentant que désormais j'ai fini de souffrir,
Je ne me souviens plus que j'ai manqué mourir...
Je veux, — quand l'oranger fera votre couronne, —
Qu'un cercle de respects au loin vous environne ;

Que nul regard humain ne monte jusqu'à vous ;
Que, toujours appuyée au bras de votre époux,
Vous traversiez la vie, heureuse et confiante,
Et sacrée à mes yeux, ma femme et mon amante ;

Que cette trinité : le Vrai, le Beau, le Bien,
Vous dérobe le mal, dont vous ne saurez rien!
Je veux que vous alliez, dans cette ombre estompée,
Commise à mon honneur portant au poing l'épée;

Que vous soyez l'émule et la sœur de ma sœur
(Idéal fait d'amour, de force et de douceur),
Car son âme à la mort implacable échappée,
Je la vois dans l'azur — d'un nimbe enveloppée!

1er Mai 1880.

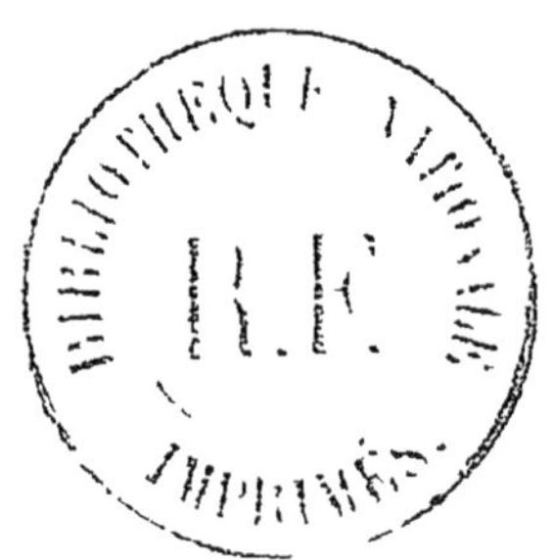

TABLE

A PARIS

DES PRESSES DE D. JOUAUST

Rue Saint-Honoré, 338.

M DCCC LXXXI

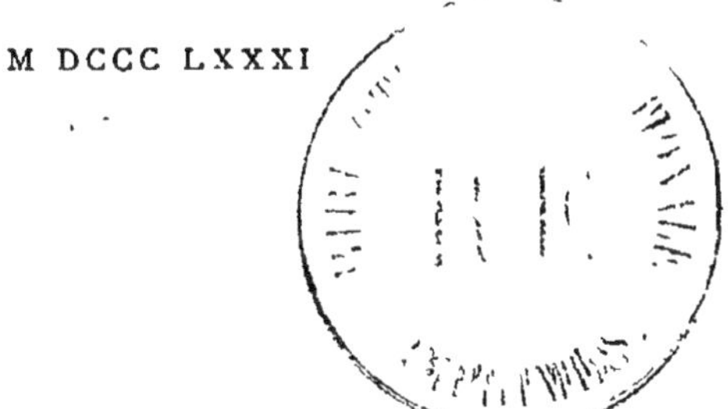

www.ingramcontent.com/pod-product-compliance
Ingram Content Group UK Ltd.
Pitfield, Milton Keynes, MK11 3LW, UK
UKHW020228220726
13923UKWH00002B/563